Kimberly Knight

DESEJANDO
Spencer
B&S 2,5

Copyright© 2014 Kimberly Knight
Copyright© 2016 Editora Charme

Todos os direitos Copyright reservados. Nenhuma parte deste livro pode ser reproduzida, digitalizada ou distribuída de qualquer forma, seja impressa ou eletrônica, sem permissão. Este livro é uma obra de ficção e qualquer semelhança com qualquer pessoa, viva ou morta, qualquer lugar, evento ou ocorrência é mera coincidência. Os personagens e enredos são criados a partir da imaginação da autora ou são usados ficticiamente. O assunto não é apropriado para menores de idade. Por favor, note que este romance contém palavrões, situações sexuais explícitas e consumo de álcool.

1ª Impressão 2016

Produção Editorial - Editora Charme
Capa arte © por Knight Publishing & Design, LLC e E. Marie Fotografia
Fotógrafo - Liz Christensen
Modelo masculino capa - David Santa Lucia
Modelo feminino capa - Rachael Baltes
Projeto gráfico - Verônica Góes
Tradutora - Cristiane Saavedra
Revisão - Ingrid Lopes

Este livro segue as regras da Nova Ortografia da Língua Portuguesa.

CIP-BRASIL, CATALOGAÇÃO NA PUBLICAÇÃO
SINDICATO NACIONAL DE EDITORES DE LIVROS, RJ

Knight, Kimberly
Desejando Spencer / Kimberly Knight
Titulo Original - Wanting Spencer
Série B&S - Livro 2,5
Editora Charme, 2016.

ISBN: 978-85-68056-33-2
1. Romance Estrangeiro

CDD 813
CDU 821.111(73)3

www.editoracharme.com.br

Kimberly Knight

DESEJANDO Spencer

B&S 2,5

Tradutora: Cristiane Saavedra

Editora Charme

Atenção:

Esta é a sequência de **Tudo o que eu desejo** (livro 2 da série B&S) e recomendamos a leitura seguindo esta ordem. **Desejando Spencer** é a história narrada pelo ponto de vista masculino e não descreve todos os detalhes da história do livro dois.

Dedicatória

Para os meus fãs no Brasil.
Muito obrigada por amarem Brandon o suficiente
para que sua história fosse traduzida para o português!

6   Kimberly Knight

Um

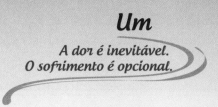

*A dor é inevitável.
O sofrimento é opcional.*

— Spencer? — perguntei.

Ela estava olhando para as próprias mãos. Se estava pensando ou em estado de choque, eu não tinha certeza. Perguntei se queria morar comigo, mas ela ficou em silêncio por quase um minuto. Não queria que se questionasse se devia ou não morar comigo; queria que ela aceitasse. Vinha pensando nisso desde o nosso primeiro encontro, e agora era o momento perfeito para perguntar — pelo menos assim eu pensava. O silêncio dela estava me assustando pra cacete.

Já passávamos quase todas as noites juntos desde que começamos a namorar, e eu queria voltar para casa à noite, com ela, mas num lugar nosso e não no meu apartamento manchando de sangue. Eu não poderia mais morar aqui, muito menos Spencer, que quase tinha morrido aqui dentro. Felizmente, ela estava bem. Minha garota era forte, inteligente, e eu não sabia como ela tinha conseguido manter a calma quando Christy puxou uma faca, mas ela conseguiu.

Nós vencemos a guerra que Christy começou.

Christy era insana. Era difícil acreditar que ela tinha fingido estar grávida de um filho meu. No fundo do meu coração, eu sabia que não ia ter um filho, porque não havia a menor chance de eu ter um carma tão cruel. Sempre tentei fazer tudo corretamente na minha vida e nunca transei sem camisinha. O pensamento de ela ter furado os preservativos... revirou meu estômago.

Eu já tinha ouvido falar desse tipo de cilada, mas nunca pensei que uma pessoa realmente faria isso. Nunca imaginei que mulheres pensariam "tudo bem, vou engravidar para prender esse trouxa". Inferno, nunca pensei que uma tentaria fazer isso comigo.

Eu nunca teria voltado com Christy, mesmo que ela estivesse grávida de um filho meu. Foi inacreditável ela ter falsificado a coisa toda e planejar depois me dizer que tinha perdido o bebê, esperando que eu voltasse para ela. Nunca. Isso jamais teria acontecido. Nem em um milhão de anos.

E para completar essa merda toda, depois que seu plano fracassou, ela decidiu que era inteligente tentar matar minha namorada. Ela precisava de ajuda — ajuda psiquiátrica — e eu só queria que todo esse pesadelo ficasse para trás.

Queria seguir em frente com Spencer. Amava-a com todo o meu coração e queria envelhecer com ela, mas a deixei em perigo. Será que ela ainda confiaria em mim para mantê-la em segurança?

No feriado de Ação de Graças, eu tinha prometido ao pai de Spencer, Kevin, que jamais deixaria alguém machucá-la, e veja só, foi quase isso que aconteceu. Nunca mais a deixaria fora da minha vista novamente, e, se eu não pudesse estar com ela, um de nossos amigos estaria. Contrataria segurança em tempo integral, se fosse o caso.

Se Spencer tivesse morrido, eu estaria preso por matar Christy. Eu a teria caçado e matado. Minha vida estaria acabada, porque Spencer é a minha vida, o meu mundo. Não estava nem aí se só estávamos namorando há mais ou menos três meses; eu simplesmente sabia. Sabia que queria sentir seu corpo quente pressionado ao meu todas as noites e acordar com seu lindo rosto sem maquiagem e olhar sonolento todas as manhãs.

— Sim — Spencer respondeu, voltando a me olhar nos olhos.

— Você me ouviu?

— Sim.

— Sim, você me ouviu, ou sim, você quer morar comigo? Porque, de qualquer forma, já passamos todas as noites juntos e vai demorar alguns meses ou mais para vender este apartamento, e depois comprar um novo pra gente.

— Sim, quero morar com você. — Ela sorriu.

Quando a vi sorrir, meu corpo relaxou instantaneamente. Eu estava muito nervoso pensando que ela diria não. Morar juntos era um grande passo, mas era o passo que eu precisava porque esta mulher me fazia sorrir, me fazia querer ter uma vida além do trabalho, me fazia querer... colocar um anel em seu dedo e fazê-la ter meu sobrenome.

— Você quer? — perguntei, meu sorriso correspondendo ao dela.

— Sim! É claro que eu quero morar com você e encontrar um cantinho só nosso — disse ela, pulando no meu colo e me abraçando. — Mas precisamos conversar com Ryan sobre você se mudar para a minha casa, enquanto procuramos a nossa casa, porque, com toda certeza do mundo, não vamos morar aqui!

Eu nem me lembrava até aquele momento de que ela

morava com a Ryan. Mas isso não tinha importância. Se Ryan não estivesse bem com a minha mudança, arrumaríamos um canto para ficarmos até eu comprar ou alugar qualquer lugar que Spencer quisesse. Eu não conseguiria passar por cima dessa mancha de sangue todos os dias no meu apartamento. Sem chance. Se tivesse que substituir o piso para vendê-lo, eu o faria. Só de estar aqui, me sentia estranho... parecia errado. Sentia-me violado, como se eu não pertencesse mais ali. Meu lugar era onde Spencer estivesse e não iria forçá-la a ficar no meu apartamento.

— Tá bom. Vou arrumar uma bolsa com roupas para, pelo menos, o resto do fim de semana — eu disse, beijando-a suavemente.

Eu não queria pressionar Spencer, mas não havia a menor chance de eu deixá-la dormir sozinha à noite. Íamos morar juntos imediatamente. Christy ia para a cadeia, porém, Spencer me contou que um cara a tinha assediado quando estive em Seattle, há alguns dias.

Ela estava levando muito bem o que tinha acontecido no dia anterior. Pensei que ficaria um desastre emocional, só querendo ficar em casa e na cama o dia todo. Eu estava disposto a fazer o que ela quisesse.

— Acho que isso significa que não preciso ir às compras neste fim de semana, né? — disse ela, dobrando suas roupas para colocar na bolsa.

— Por quê? — perguntei.

Eu tinha prometido a Spencer que iríamos às compras naquele final de semana. Ela queria comprar um ou dois vestidos para ter mais opções na minha casa. Se ao menos eu a tivesse levado no fim de semana anterior, Christy não teria... Ainda não consigo pensar nisso sem querer envolver Spencer em meus braços e não soltá-la nunca mais.

Eu fracassei. O pai dela ia me matar.

— Bem, agora vamos dividir um closet que é muito menor do que o seu gigantesco — ela disse, acenando na direção do meu closet.

— Verdade. O lado bom é que agora todas as suas roupas estarão num só lugar.

— Esse não é o único lado bom! — ela disse e bateu na minha bunda.

— Estou feliz que seu humor esteja melhorando, amor — eu disse, beijando levemente seus lábios ao passar por ela indo em direção à minha cômoda.

— Ainda não consigo acreditar que a Christy tentou me matar.

Parei de colocar minhas boxers na bolsa e olhei para Spencer. Ela disse isso como se não fosse grande coisa. Eu não sabia por quanto tempo ela se manteria forte, mas sabia que todos os nossos amigos e eu precisávamos estar preparados para ajudá-la. Ela não tinha entrado em uma simples briga de pátio de escola. Spencer poderia ter morrido. Poderia ter sido ela dentro daquele hospital ou, pior, no necrotério.

— Eu sei... E não faço a mínima ideia do que eu teria feito se ela tivesse conseguido. Provavelmente, eu estaria em uma cela aguardando meu julgamento por assassinato. — Suspirei.

Spencer andou até mim e envolveu os braços em meu pescoço. Olhei em seus olhos vidrados e meu coração apertou. Eu

Desejando Spencer 11

odiava ver Spencer chorando e me sentia culpado. Era a mim que a Christy queria.

Ainda com ela em meus braços, apertei-a ainda mais contra mim enquanto chorava. Eu sabia que haveria mais momentos como este, só esperava que eu estivesse por perto para abraçá-la.

— Venha, vamos lá conversar com a Ryan e esquecer essa merda toda por um tempo — eu disse, enxugando as lágrimas dos olhos de Spencer quando ela parou de chorar.

$$\mathbb{X}$$

Depois da nossa conversa com Max e Ryan, levei Spencer até a delegacia para um interrogatório formal para que pudessem gravar toda a história. Fiquei irritado com o policial por não fazer seu trabalho corretamente da primeira vez, porque Spencer teve que reviver o pesadelo mais uma vez.

Ela recontou toda a história que eu já tinha ouvido algumas vezes. Estava até começando a pensar que eu estava lá porque conseguia ver nitidamente ela e Christy dando voltas e voltas quando Christy tentou...

O oficial nos avisou que Christy ainda estava no hospital. Ela teve o fígado perfurado, mas sobreviveria... esperava que na prisão, onde ela pertencia.

Ela não tinha emprego, dinheiro, nada, então eu estava cruzando os dedos para que não conseguisse pagar a fiança e ficasse na cadeia até o julgamento.

Enquanto ouvia Spencer, fiquei tentando imaginar a quem Christy se referiu como seu "ajudante", mas não dei muita atenção. Isso era trabalho para o Departamento de Polícia de São

Francisco descobrir.

— Se você não quiser ir às compras... — disse Spencer, ao entrar no meu SUV.

— Quero fazer qualquer coisa que você quiser.

— Preciso de terapia de compras, mas aposto que Ryan pode vir comigo. — Ela afivelou o cinto de segurança e, quando dei partida no carro, imediatamente ligou seu "aquecedor de bunda". Eu sorri. Não tinha certeza se era um hábito ou não, mas ela o ligava todas as vezes, principalmente com a queda da temperatura, já que o inverno estava se aproximando.

— Amor, não há a menor possibilidade de eu te deixar fora da minha vista. Se você quer ir às compras, vamos às compras.

— Christy está no hospital; ela não é uma ameaça agora.

— E aquele cara que continua incomodando você?

— Oh... Esqueci dele.

— Eu não. Você me contou sobre ele há duas noites, e, quando eu chegar ao trabalho na segunda-feira, vou rever as câmeras de segurança e descobrir quem é esse filho da puta.

— Não vamos mais falar sobre isso. Vamos até a *Macy's* e brigar lá com os turistas.

— Fechado — eu disse. Coloquei o carro em movimento e partimos rumo a Union Square.

Estacionar em São Francisco é uma merda. Não se

Desejando Spencer 13

consegue encontrar vaga na rua nem que sua vida dependa disso e os estacionamento-garagem custam os olhos da cara... mas quer saber? Pela minha namorada, eu pagaria o preço que fosse, porque ela ia comprar vestidos e eu adorava vê-la usando-os.

— Gostou? — Spencer perguntou, dando uma voltinha na minha frente para me mostrar a parte de trás de um vestido que ela experimentou.

Meu pau ficou duro na hora. Ela tinha experimentado outros dois vestidos, e, honestamente, todos ficaram bem nela. Eu só queria que ela continuasse experimentando-os, mas meu pau, por outro lado... não.

— Gostei. E muito! — eu disse, levantando-me.

— Sim, acho que é esse — disse ela, olhando para o espelho de corpo inteiro.

— Preciso de mais do que uma voltinha para me convencer — falei, parando atrás dela.

— O quê? — ela perguntou, seus olhos arregalados quando encontram os meus.

Sorri para ela, agarrei sua mão, voltei para o provador e tranquei a porta.

— O que você está fazendo? — Spencer sussurrou.

Sem responder, virei-a de costas para mim e a empurrei contra o enorme espelho do provador. Com o impacto, as mãos dela bateram no espelho e eu pressionei minha ereção em sua bunda.

Isso deve responder à pergunta dela...

Nossos corpos se encaixavam perfeitamente. Eu só não sabia como ela reagiria após o trauma que passou, mas faria tudo e qualquer coisa para distraí-la. Além disso, há dias não a tocava dessa forma. Se ela me dissesse para parar, eu pararia, mas a desejava e não me importava onde estávamos.

Eu adorava sentir o gosto de cada pedacinho dela, e não o sentia desde a noite anterior à minha viagem para Seattle. No pouco tempo que estávamos juntos, eu normalmente não gozava antes dela, sem lamber cada centímetro, sem sentir o calor entre suas pernas, e eu estava tendo a sorte de ela não resistir e tentar me parar enquanto eu continuava a esfregar o pau em sua bunda.

Movi seu cabelo para o lado e a beijei no pescoço, descendo até o ombro.

— Amor, estamos num provador público — ela ofegou em um sussurro. Meu pau endureceu ainda mais com o tom de sua voz.

— Shh — sussurrei de volta.

— Amor... — ela disse, a voz tentando parecer severa, mas eu sabia que ela não conseguiria parar, assim como eu.

— Shh — repeti, ainda beijando seu ombro. Minha mão se moveu pela coxa nua por debaixo do vestido e deslizou lentamente para sua calcinha.

— Meu Deus! — ela gemeu.

Mordi levemente o lóbulo de sua orelha direita e comecei a provocar o clitóris com o dedo médio. Ela se apoiou com um braço no espelho, descansando a cabeça no meu peito, e com a outra mão acariciou meu cabelo na parte de trás do pescoço. Era um hábito dela — sempre passar a mão pelo meu cabelo — e eu nunca o cortaria mais curto do que era. Adorava a sensação de suas mãos no meu cabelo, adorava como causava arrepios pelo meu corpo todo como se fosse a primeira vez que me tocava.

Lambi o polegar e o circulei em seu mamilo enquanto deslizava o dedo médio e o indicador no meio de sua umidade escorregadia, antes de afundá-los totalmente nela. Meus dedos curvaram em seu interior, satisfazendo o ponto que a fazia gemer.

Ela levantou a perna no banco, dando-me melhor acesso para acariciar sua boceta e o sinal verde para lhe fazer gozar.

— Não consigo manter as mãos longe quando você usa vestido — sussurrei em seu ouvido, esperando que ninguém pudesse nos ouvir.

— Uh-huh — ela murmurou.

Ou ela estava perto de gozar, ou estava lutando para não gemer alto conforme eu continuava circulando o clitóris molhado com o polegar, o dedo médio ainda bombeando com entusiasmo dentro.

Meu pau estava ainda mais duro pressionando sua bunda enquanto ela se contorcia de prazer. Levantando a cabeça do meu peito, ela se moveu ligeiramente para frente, me fazendo sentir falta do atrito, e também tirou a mão da parte de trás do meu pescoço. Eu já ia protestar, precisando senti-la contra mim, mas, em seguida, ela se abaixou e começou a esfregar meu pau por cima do jeans.

Tudo o que eu mais queria naquele momento era que ela me tocasse, me sentisse e me fizesse gozar em cima dela, mas estávamos em um provador público.

— Não comece algo que você não pode terminar —

sussurrei novamente em seu ouvido. Subi a mão até a parte de cima do vestido e a deslizei para dentro, sob o sutiã.

Sua boceta apertou meus dedos e eu sabia que ela estava perto. Comecei a acariciar os seios, rolando o mamilo endurecido entre os dedos, levando-a ao limite e a fazendo gozar, abafando o orgasmo na dobra do braço enquanto o corpo estremecia e os joelhos fraquejavam.

Segurei-a contra o meu corpo, impedindo-a de cair, e ficamos ali por uns instantes enquanto Spencer recuperava o fôlego. Lentamente, tirei a mão de dentro de sua calcinha e enfiei os dedos molhados de gozo na boca, sugando o néctar doce.

A porta do provador ao lado fechou, indicando que alguém tinha entrado, então me virei para sair antes que suspeitassem, mas Spencer se ajoelhou e começou a desafivelar meu cinto. Segurei suas mãos e ergui uma sobrancelha, acenando com a cabeça na direção do provador ao lado. Ela sorriu maliciosamente e levou um dedo aos lábios, como que dizendo que aquele era nosso segredinho.

Ela fez um rápido trabalho com o cinto e desabotoou meu jeans. Deslizando o zíper para baixo o suficiente para alcançar meu pau, ela o agarrou, fazendo-o se contrair em resposta. Ele estava recebendo o "final feliz" — finalmente recebendo a atenção que tanto desejava.

Spencer mudou de posição e eu sentei no banco, meu pau crescendo ainda mais quando ela começou a deslizar a mão para cima e para baixo e beijar o interior da minha coxa até que sua boca estivesse tão perto que senti seu hálito quente sobre ele. Justo quando eu pensei que ela iria lambê-lo, mudou para a outra coxa e deu o mesmo tratamento. Ela estava me provocando e me fazendo querer muito mais.

Inspirei profundamente quando ela finalmente o levou à boca, lambendo lentamente em volta da cabeça, me provando como se eu fosse seu pirulito favorito.

Um gemido incontrolável me escapou quando ela enfiou meu pau totalmente na boca. Então, peguei a parte de trás de seu rabo de cavalo e guiei a cabeça enquanto subia e descia, a boca me sugando e seus lindos olhos castanhos me olhando nos olhos enquanto continuava me devorando.

Ela soltou meu pau da boca, deixando-o encharcado de saliva, então o agarrou firmemente com as duas mãos e o voltou para a boca. Mãos e boca trabalhando em perfeita sincronia enquanto ela o bombeava, torcia, girava e chupava, os olhos sempre fixos nos meus, me deixando no limite.

Eu estava muito distraído com a sensação de suas mãos suaves para me dar conta de que, se ela não parasse logo, todo mundo saberia o que estávamos fazendo porque eu teria que gozar no meu jeans; não tinha a menor chance de eu conseguir alertá-la de que ia gozar.

Observei sua linda boquinha chupar e lamber meu pau, levando-o cada vez mais fundo, até atingir o fundo de sua garganta e desaparecer. Meu corpo estremeceu levemente. Eu estava quase gozando e foda-se quem ouvisse. Queria mais é que soubessem que a minha namorada era impressionante!

Eu não conseguia falar, e resisti ao impulso de gemer quando a minha porra começou a jorrar. Segurei firmemente a borda do banco enquanto Spencer ainda sugava meu pau. Os dois primeiros jatos desceram direto pela garganta, seguidos imediatamente por carícias e mãos girando em volta do meu pau enquanto subia e descia a boca, me deixando limpo.

Ela me olhou, sorrindo de forma sensual, enquanto eu permanecia imóvel, as mãos no rosto. Ela sabia que tinha acabado de balançar meu mundo.

— Uau... Acho que vou comprar esse vestido — Spencer disse quando se levantou e limpou a boca com as costas da mão.

— Definitivamente!

20   Kimberly Knight

Dois

A dor é inevitável.
O sofrimento é opcional.

Os pais de Spencer chegaram no sábado, e, apesar de ela nos dizer que estava bem, todos sabíamos que não estava. Ela tinha pesadelos todas as noites e acordava chorando. Eu a envolvia nos braços até ela se acalmar e adormecer novamente.

Queria matar a Christy. Eu não era uma pessoa que sentia raiva, mas o que ela fez foi imperdoável, e merecia o que estava passando e o que ainda viria pela frente. O futuro dela seria na prisão. E, pelo que eu a conhecia, seria a puta do lugar e faria alguém muito feliz.

Eu estava ansioso para voltar a trabalhar e avaliar as câmeras de vídeo. Queria ter ido no sábado, mas não podia deixar Spencer. Sua fachada estava lentamente esvaecendo e eu precisava estar por perto quando desabasse completamente.

No domingo, Spencer estava emocionalmente esgotada; ela tinha finalmente desabado. Enquanto tirava uma soneca, mandei uma mensagem para Jason. Ele não acreditava que eu fosse, mas precisava ver a filmagem; aquilo estava me matando por dentro.

Eu: Indo para o trabalho. Me encontre lá.

— Preciso dar uma passada rápida no trabalho, devo demorar mais ou menos meia hora — eu disse para os pais de Spencer, pegando minhas chaves.

Desejando Spencer   21

A mãe de Spencer, Julie, se aproximou de mim.

— Eu sei que isso está sendo difícil para você também. Vá tomar um pouco de ar fresco. Leve o tempo que precisar. Nós cuidaremos da Spencer.

— Tenho certeza de que você precisa socar alguma coisa. Não tem saco de pancadas na sua academia? — perguntou Kevin.

O celular vibrou na minha mão, provavelmente uma resposta de Jason.

— Tem. Eu quero estar aqui quando ela acordar. É tudo culpa minha.

— Bem... — Kevin começou a falar, mas foi cortado por Julie.

— Não é culpa sua. Pessoas se separam o tempo todo. Essa menina é doente da cabeça.

— Sim, ela é. Volto logo.

Li a mensagem enquanto saía pela porta da frente.

Jason: *Pensei que você não fosse aparecer por lá.*

Eu: Quero ver as câmeras.

Jason: *Chego em dez minutos.*

Estacionei no *Club 24* ao mesmo tempo que Jason. Fiquei aliviado, porque, se ele já não estivesse lá, com certeza eu não conseguiria esperar para avaliar as câmeras de segurança.

— Parece que você não dormiu — Jason disse, caminhando para as portas da frente enquanto eu esperava por ele.

— Muito pouco. Essa coisa toda tem me estressado.

— Como Spencer está reagindo?

Acenamos para Ari na recepção e continuamos em direção à escada que dava acesso aos nossos escritórios.

— Como se fosse uma briguinha de playground ou algo do tipo, durante o dia, mas, à noite, está tendo pesadelos.

— Talvez ela precise ver um terapeuta.

— Vou fazer e pagar por qualquer coisa que ela precise. Isso tudo é culpa minha.

— Cara, nenhum de nós sabia que Christy era capaz de tentar matar... ou qualquer coisa parecida. Só pensávamos que ela era louca.

— Eu sei — disse, destrancando meu escritório.

— Te encontro na sala de controle daqui a cinco minutos — ele disse, abrindo seu escritório.

Entrei, liguei o computador e chequei o correio de voz. Tinha uma mensagem de um dos membros da academia, Teresa Robinson. Suspirei quando ouvi sua voz:

"Brandon, é Teresa. Senti sua falta na quinta-feira. Jay me disse que você passaria o fim de semana em Seattle. Te vejo na segunda-feira, meu bem".

Desejando Spencer 23

Não sei por que ela sentiu necessidade de me deixar uma mensagem, mas o fez. Toda quinta-feira ela vinha ver a mim e ao Jason em nossos escritórios, trazendo presentes. Sempre tentávamos recusar, mas, depois da vigésima tentativa, começamos a aceitar.

No início, eram coisas baratas: ingressos para shows, ingressos para os jogos do *Giants* (os quais recusamos porque já tínhamos), caixas de chocolates, cupcakes, brownies e convites para sua casa para algum tipo de festa que ela estava dando. Nunca aceitamos qualquer convite para a casa dela e não sabia se alguma vez aceitaríamos. Eu tinha medo de ela me trancar em um quarto e nunca me soltar para eu ser seu escravo sexual. Estremeci só de pensar.

Não entendo por que ela escolheu as quintas-feiras para vir até nós nem por que sempre insistia em nos trazer presentes. Ela me implorava todas as vezes que me via para eu mesmo treiná-la, mas eu sempre rejeitava e respondia que tinha contratado outras pessoas para isso.

Jason adorava ver a Teresa — claro, ela não ficava atrás dele. Ela queria a mim, e, mesmo eu dizendo que tinha namorada, isso não a impediu.

Ela não tinha feito nada de fato para eu revogar sua matrícula, e realmente gastava um monte de dinheiro em nossas instalações, então não tinha por que eu afastá-la.

Apaguei a mensagem de Teresa e saí do escritório no exato momento em que Jason saía do dele. Minhas mãos começaram a suar; eu estava ansioso para ver o rosto do filho da puta nas câmeras de segurança para que pudesse ficar de olho nele e lhe dar uma surra.

Ele saberia quem era o namorado da Spencer depois que eu acabasse com ele.

Fiquei andando agitado de um lado para o outro dentro do pequeno espaço onde nossos monitores de segurança ficavam, ao lado de todos os equipamentos elétricos que mantinham o funcionamento da academia. Jason sentou e o vi voltando a sequência salva do dia em que Spencer disse que o filho da puta estava do lado de fora da academia, perseguindo-a.

— Você está me deixando nervoso — Jason disse.

— Então anda logo com isso.

— Não é como se você pudesse fazer alguma coisa agora.

— E se ele estiver aqui nesse momento?

— Verdade — Jason disse, voltando a olhar para a tela.

Continuei andando de um lado para o outro atrás de sua cadeira enquanto esperava o que pareceu ser uma eternidade até ele encontrar a data e a hora certas.

— Aqui.

Jason parou a sequência no ponto em que vimos Spencer chegar à academia, descer do ônibus e entrar. Pouco depois, um carro vermelho entrou no estacionamento e parou em uma vaga fora do alcance das câmeras. Esperamos enquanto os segundos avançavam na tela, mas ninguém saiu do carro.

— Esse tem que ser ele — eu disse.

— Sim, não consigo enxergar a placa. Você consegue?

— Não, está muito longe. Além disso, nossas câmeras são

uma porcaria.

— Não são porcaria, só estão fora de alcance.

— Não é possível aumentar o *zoom*? — perguntei ansiosamente.

— Já aumentei, mas ainda está fora de alcance. É como se ele soubesse.

— Puta que pariu! — berrei.

— Calma — disse Jason, virando-se levemente na cadeira para ficar de frente para mim. — Deixe-me acelerar até ele sair do carro. Sabemos que ele sai e fala com a Spencer.

— Tá bom, vai logo.

— Deixa de ser impaciente, mano.

Dei um leve soco no braço dele.

— Tenha em mente que poderia ser a Bec.

— Eu sei — ele disse, suspirando.

Durante a hora e meia que Spencer esteve aqui dentro, não vi nada fora do normal, nem o filho da puta saiu do carro... até dois minutos antes de ela sair.

Meu peito apertou conforme meu cérebro enviou sinais de como esse cara sabia quando ela ia embora.

Será que ele tinha alguém aqui dentro que o avisava quando ela ia sair? Será que ele observava cada movimento dela e conhecia sua rotina? Como ele sabia que eu não estava aqui? Eu costumo levá-la para casa. E por que ele veio e esperou mais de uma hora se sabia o tempo que ela demoraria para sair? Ele esperava que ela saísse mais cedo?

— Ali! — Apontei.

— Estou vendo — Jason disse, dando-me um olhar irritado, e depois desacelerou o vídeo para podermos ver.

O cara saiu do carro vestindo moletom com capuz e um boné de baseball. Não havia nenhuma maneira de ver seu rosto enquanto ele caminhava em direção às portas da frente com o rosto voltado para a rua, evitando as câmeras.

— Isso é assustador — disse Jason.

— Puxa, obrigado.

— Desculpe, é como se ele soubesse onde estavam as câmeras...

— E quando ela vai embora.

— É.

— Eu sei. — Suspirei, cruzando os braços sobre o peito. Eu não estava gostando nem um pouco daquilo.

Exatamente como Spencer tinha contado, vimos quando ela literalmente deu de cara com o sujeito assim que saiu pela porta da frente. Meu corpo estremeceu enquanto observava a abordagem, percebendo que ele poderia simplesmente tê-la agarrado ali e nós nunca mais a veríamos novamente.

Vimos enquanto ele estava de costas para as câmeras, Spencer apontando por cima de seu ombro em direção ao ponto de ônibus, ele apontando para o carro dele e Spencer desviando e correndo para pegar o ônibus que chegava ao ponto. Assim que ela entrou, o cara virou, novamente evitando as câmeras, e voltou para o carro, saindo do estacionamento e indo em direção oposta ao ônibus.

— Caso você queira saber, se fosse eu perseguindo alguém, teria seguido o ônibus.

— Eu sei. — Suspirei novamente. Meu cérebro estava tentando processar toda aquela situação que Spencer tinha me contado sobre *Vegas, MoMo's* e agora isso.

— Devíamos chamar a polícia.

— E dizer o quê? "Minha namorada está sendo perseguida por um cara que não sabemos quem é, mas temos imagens dele na câmera de segurança, só que escondendo o rosto"?

— Bem, não colocando dessa forma.

— Só não acho que haja algo que a polícia possa fazer. Vamos colocar outras câmeras e contratar seguranças.

— Eu estava pensando a mesma coisa sobre contratar seguranças. Também não quero a Becca passando por isso.

— É verdade. Além disso, vou comprar a porra de um carro para Spencer!

)(

Quando voltei para casa, Spencer ainda estava dormindo. Arrastei-me para a cama com ela, puxando-a contra mim, e a abracei até ela acordar.

— Você tem certeza de que quer ir trabalhar hoje? — perguntei a Spencer.

Spencer e eu não fomos trabalhar na segunda e na terça-feira... bem, exceto quando fui ver as câmeras de segurança. Spencer não soube que saí, e eu não contei. Foi uma viagem perdida, de qualquer maneira. Também estava preparado para tirar a semana toda de folga, caso ela precisasse de mim.

— Eu não vou deixá-la vencer.

— Amor...

— Está tudo bem. Nós só brigamos. — Spencer deu de ombros.

Caralho, ela deu de ombros!

— Uma briga na qual... — Eu me contive. Spencer não queria mais pensar sobre o que aconteceu e eu também não, então achei melhor encerrar o assunto. — Está bem, vamos.

Mesmo antes de tudo o que aconteceu na sexta à noite, eu já levava Spencer para o trabalho todas as manhãs. E adorava, já que o meu horário eu mesmo fazia. Sempre que possível, também a buscava, mas, normalmente, no horário em que ela saía, eu estava finalizando algum tipo de negociação para que pudéssemos malhar juntos, já que ela sempre ia para a academia depois do trabalho.

Malhar juntos era um dos meus momentos favoritos do dia. Eu adorava assisti-la suar e flexionar os músculos; era sexy pra cacete.

Parei o carro em frente ao trabalho dela e, antes de me inclinar para me despedir com um beijo, falei:

— Se você precisar que eu venha te buscar, me ligue.

— Eu vou ficar bem.

Desejando Spencer   29

— Eu sei, mas se precisar estou aqui, apenas a um telefonema.

— Pode deixar. — Spencer me beijou. — Te vejo à noite na academia.

— Está bem. Amo você — eu disse, dando-lhe outro beijo.

— Também te amo.

Três

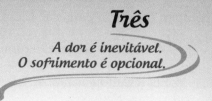

*A dor é inevitável.
O sofrimento é opcional.*

Nas duas últimas semanas, fiquei de olho no estacionamento do *Club 24* como um falcão, à procura do carro vermelho. Intensifiquei a atenção quando chegava para trabalhar, no horário do almoço e quando Spencer e eu íamos para casa à noite — e basicamente todas as vezes que eu passava pela porta.

Nunca vi nada. Nunca *o* vi.

Ainda não conseguia me sentir aliviado porque, baseado no que Spencer disse, esse cara só saía da toca quando eu não estava por perto, fora da cidade e não podia protegê-la.

Não gostava mais que Spencer andasse de ônibus e queria lhe comprar um carro o mais rápido possível. Eu sabia que andar de ônibus era mais barato do que pagar estacionamento na cidade, mas queria Spencer em segurança. Gastaria tudo o que tinha para mantê-la segura.

Antes que saísse para comprar um, naquele dia mesmo, Becca me parou e disse que eu precisava comprar na hora certa. Ela pensou que, se empurrasse um carro em Spencer, ela poderia se assustar porque namorávamos há pouco tempo e podia pensar que eu queria controlá-la ou ficar ainda mais nervosa, porque estaria demonstrando que estava com medo.

Era como me livrar de um problema arrumando outro.

Desejando Spencer 31

— Eu gosto da Spencer, mas você tem certeza de que quer comprar um carro para ela? É um presente caro — disse Becca.

— Bec... — comecei a protestar.

Ela levantou as mãos.

— Eu sei. Você quer Spencer em segurança... todos nós queremos. Mas um carro? O que aconteceu com a etapa de joias?

— Nós, obviamente, não temos um relacionamento normal. Minha ex-namorada tentou matá-la, pelo amor de Deus.

— Eu sei, mas você tem certeza de que está pronto para investir em um carro para ela?

— Estou pronto para investir em mais do que um carro. Eu a amo, Bec.

— Sei disso também. Mas e se ela partir seu coração?

— Ela não vai. Eu sei que não vai. Ela teve todos os motivos para terminar comigo depois de sexta-feira, e não terminou.

— Não, ainda não.

Encarei minha melhor amiga. Ela estava sabendo de alguma coisa que eu não sabia? Ela e Spencer estavam se tornando boas amigas.

— Ela não vai. Acabei de me mudar para a casa dela.

— Você se mudou? — Becca questionou.

— Mudei — respondi, inclinando-me para trás na cadeira.

— Bem, o Natal está chegando, B. Então dê de presente. — Becca se levantou e saiu do meu escritório. Eu odiava como ela sempre tentava ficar com a última palavra.

Quando Becca e eu tivemos a nossa conversa na quarta-feira quando retornei ao trabalho após aquela sexta-feira horrível, estávamos apenas a três semanas do Natal, mas esse período mais parecia um ano. Spencer e eu íamos passar o Natal na casa dos meus pais no Texas e viajaríamos com alguns dias de antecedência, então eu poderia dar o carro antes, e aquilo me deu um pouco de paz de espírito.

Só precisava descobrir que tipo de carro eu compraria para a minha namorada.

Eu estava envolvido em relatórios de vendas no escritório quando ouvi uma batida na porta. Olhei para cima e Teresa Robinson já tinha entrado e estava fechando a porta. Era quinta-feira, e, como sempre, no mesmo horário, Teresa vinha até o meu escritório.

— Oi, querido, eu vi Jason lá embaixo e ele me disse que você estava aqui.

Eu normalmente estava.

— Como está, Sra. Robinson? — perguntei. Antes de eu me levantar para sair do escritório e trocar a roupa pela de ginástica, ela se sentou na cadeira em frente à minha mesa.

— O que eu preciso fazer para você me chamar de Teresa? — Ela sorriu e piscou um olho para mim.

— Está bem... Teresa, como você está?

Teresa se inclinou para frente, e, por força do hábito, desviei o olhar para o decote ousado de seu top rosa, e então rapidamente

Desejando Spencer 33

de volta até os olhos.

— Melhor agora — ela respondeu, sorrindo. — Você quer vir à festa de Ano Novo que estou organizando? Convidei todos os funcionários. — Ela se inclinou mais e eu resisti a olhar desta vez, cruzando os braços, na esperança de colocar uma barreira entre nós.

— Senhora...

— Oh, por favor, Brandon.

— Teresa, eu tenho um compromisso daqui a pouco, e também não poderei ir à sua festa. Jason e eu estaremos em Seattle para inauguramos nossa nova academia — eu disse rapidamente.

— Oh... — Ela franziu a testa.

— Agora...

— Talvez você altere seus planos — Teresa falou, fazendo beicinho, em seguida, jogou o cabelo sobre os ombros e se inclinou ainda mais em minha direção, os cotovelos apoiados na mesa. Se ela se inclinasse mais um pouco, ficaria esparramada na minha frente.

Olhei para o meu relógio, me perguntando se estava na hora de Spencer chegar e me salvar dessa mulher. Era como se algo me dissesse para olhar para a janela, e foi quando meus olhos encontraram os da minha morena gostosa.

Um sorriso apareceu automaticamente no meu rosto, assim como em todas as vezes que a via. Por um breve instante, vi pânico em seus olhos, até que sumiu ao ver meu sorriso. Soube imediatamente do que se tratava, mas eu nunca, jamais, de forma alguma, a trairia.

Spencer sorriu de volta quando levantei, ignorando Teresa, e caminhei até a porta fechada do escritório.

Caralho! A Tereza fechou a porra da porta.

Abri a porta assim que Spencer chegou e estendi o braço, pegando sua mão e entrelaçando nossos dedos. Não queria que tivesse qualquer dúvida sobre o que sentia por ela. Eu a amava. Era só ela que eu desejava, e iria lhe mostrar a cada chance que tivesse.

— Teresa, lembra-se da minha namorada, Spencer?

— Lembro... Como me esqueceria? Spencer, que bom te ver novamente.

Eu podia sentir tensão exalando das duas mulheres, embora Spencer fizesse o possível para escondê-la.

— O prazer é meu. Desculpe interromper, mas temos o nosso compromisso das seis...

— É verdade. Teresa, peço desculpa, mas Spencer e eu temos um compromisso importante agora — eu disse, já quase saindo pela porta, esperando Teresa sair para que pudesse trancá-la e sair rapidamente.

— Tudo bem, me avise se você mudar de ideia — Teresa disse, estendendo a mão e esfregando meu braço quando passou por mim. Eu sabia que ela tinha feito aquilo só para irritar Spencer.

— Eu não vou — disse com firmeza.

— Bem, a oferta continua de pé, caso as coisas mudem — disse ela quando finalmente se virou para andar pelo corredor.

— Mais uma vez, Teresa, a resposta é não. Tenha uma boa noite.

— O que ela quer desta vez? — Spencer perguntou enquanto eu apagava as luzes do escritório e trancava a porta.

— Ela fará uma festa de Réveillon na casa dela e convidou a mim e a alguns funcionários, principalmente os rapazes.

— Isso não me surpreende — Spencer murmurou.

— O quê?

— Oh... nada.

— De qualquer forma, eu disse a ela que nós vamos a Seattle para a inauguração da academia e por isso não poderíamos ir.

— Nós?

— Claro, nós. Eu não iria sem você, amor — eu disse, beijando o topo de sua cabeça.

— Que bom — ela disse, sorrindo. — Eu não iria de qualquer maneira, pois não compartilho.

— Confie em mim, você nem precisa se preocupar com isso. — Sorri de volta.

— Acho bom! Não gostaria de ter que chutar o traseiro da vovó — ela disse, rindo.

— Vamos lá, bobinha — eu disse enquanto a guiava em direção ao SPA. Balancei a cabeça, sussurrando "vovó".

Quatro

*A dor é inevitável.
O sofrimento é opcional.*

— Ei, tem um minuto? — Jason perguntou ao entrar no meu escritório.

— Claro. E aí?

Ele sentou em uma das cadeiras à frente da mesa. Eu sabia que algo estava acontecendo só pelo olhar triste dele.

— Becca não está grávida. — Ele suspirou.

— O quê? — perguntei, levantando a voz em surpresa.

— Ela foi ao médico esta manhã e... não está grávida.

— Ela perdeu?

— Não. — Ele balançou a cabeça. — Acho que nunca esteve grávida. O teste de farmácia deu falso positivo.

Senti-me mal pelos meus amigos. Eles realmente queriam um filho e eu não sabia como consolar Jason. Quando todos nós descobrimos que eu não teria um filho com a louca da Christy, ficamos aliviados. Isso... essa merda fodida, eu não sabia o que fazer.

— Sinto muito, cara. O que posso fazer por vocês?

— Nada. Vamos tentar depois do ano novo. Vamos deixar

isso pra trás, colocar o foco em Seattle e depois tentamos de novo.

— Eu realmente sinto muito.

— Obrigado.

— Quer ir tomar uma cerveja?

— Quero — ele disse e suspirou, depois levantou.

Provavelmente tomaríamos mais de uma.

Ver Spencer usando o vestido que comprou na *Macy's* me deixou instantaneamente de pau duro. Era a coisa mais normal do mundo eu ficar excitado quando a via de vestido, mas esse em especial me trazia boas e recentes recordações e eu não conseguia tirar da cabeça a imagem dela me encarando enquanto chupava meu pau.

Eu já estava arrumado para a festividade anual do escritório de Spencer. Ela estava no banheiro fazendo a maquiagem e, quando a vi ligeiramente curvada no balcão, com *aquele* vestido, perdi totalmente a vontade de ir à festa.

— Adoro esse vestido — eu disse, inclinando-me no batente da porta do banheiro, cruzando os braços.

O olhar de Spencer, refletido pelo espelho, encontrou o meu e lhe dei um sorriso perverso.

— Ah, não, nem vem. Temos que ir a essa festa — ela disse, apontando o pincel de alguma coisa de maquiagem para mim.

— Mas podemos nos atrasar. — Lambi os lábios, tentando provocá-la.

— Não... não. Não podemos. — Ela balançou a cabeça.

— Você tem noção de que eu vou ficar de pau duro a noite toda, né?

— Eu não tenho culpa.

— Ah, tem sim. A culpa é toda sua!

— Tenho certeza de que você consegue esperar até voltarmos para casa. — Ela sorriu. *Porra, ela sorriu para mim*!

Estreitei os olhos para ela.

— Então vou te foder com força quando voltarmos.

Spencer parou de passar sombra nos olhos e eu prendi a respiração, esperando que ela tivesse mudado de ideia.

— Estou ansiosa por isso — ela disse, sorrindo novamente.

— Caralho! — gemi, me virando para ir calçar os sapatos.

Exatamente como imaginei, ainda estava excitado quando chegamos à festa, no prédio onde Spencer trabalhava. Travei uma batalha interna para não curvá-la no sofá e transar com ela antes de sairmos. Ela estava fazendo tudo o que podia para mexer com a minha cabeça.

Primeiro, em vez de apenas enfiar os pés nos saltos como sempre fazia, ela os deslizou nos pés e depois curvou o quadril, ficando de bunda para cima, fingindo que precisava puxar a parte de trás de cada sapato. Depois, se lembrou que tinha "esquecido" de passar hidratante nas pernas e insistiu em passá-lo (já com os saltos) na sala, na minha frente, onde eu estava sentado no sofá, esperando por ela. E, para completar, agiu como se não tivesse subido o vestido ao sentar no carro. Saquei a dela. O vestido ficou no topo das coxas, de modo que, se eu estendesse a mão, poderia tocar em sua boceta sem precisar tirar o vestido do caminho, e, caralho, era o que eu mais queria fazer.

Deus, eu a amava, mas, porra, ou ela ia me causar um ataque cardíaco ou me fazer gozar na calça como um adolescente.

— Você percebeu que está vestindo a mesma camisa que usou em Vegas e no nosso primeiro encontro, né? — Spencer perguntou enquanto caminhávamos do estacionamento até o prédio.

Olhei para a minha camisa preta de botão.

— E daí? — Dei de ombros.

Era a camisa que eu mais gostava.

— Ela tem o mesmo efeito em mim que eu usar vestido tem em você.

Antes que eu pudesse responder, entramos nas portas duplas do prédio. O hall estava decorado com pisca-pisca branco, uma árvore de Natal gigante no centro, e mesas espalhadas para os funcionários e convidados.

— Quer uma bebida antes de encontrar um lugar? — Spencer perguntou, apontando para o bar no canto do salão.

— Claro — respondi, seguindo-a.

Ao nos aproximarmos do bar, fomos parados por algumas colegas de trabalho de Spencer. Ela nos apresentou.

— Este é o meu namorado, Brandon. Brandon, estas são:

Bel, Amanda, Sue e Carroll.

Apertei a mão de cada uma.

— Prazer, meninas.

— Até que enfim te conhecemos, Brandon. Spencer fala muito de você — Amanda disse.

— Espero que só coisas boas — eu disse, provocando, e, discretamente, belisquei a bunda de Spencer e sorri para ela.

— Mesmo que eu tivesse dito coisas ruins, elas jamais te diriam — Spencer retrucou, rindo. — Licença. Daqui a pouco a gente volta, preciso de uma bebida e bem rápido. — Nos afastamos do grupo e Spencer me levou até o bar, ali perto.

Depois de pegarmos nossas bebidas, nos sentamos em uma grande mesa redonda com as colegas de trabalho de Spencer, rimos, comemos aperitivos que eram péssimos para qualquer dieta e nos divertimos ao som de música natalinas que estavam sendo tocadas.

— Vou pegar outra cerveja. As moças querem alguma coisa? — perguntei.

Todas olharam para os seus copos, beberam o que restavam de seus coquetéis e concordaram que precisavam reabastecer. Spencer começou a se levantar para ir comigo, mas Carroll se antecipou.

— Eu vou com você, Brandon, não dá pra carregar tudo sozinho — ela disse.

— Pode deixar, vou com ele — minha namorada disse.

— Não tem problema, Spencer, eu já ia mesmo naquela

direção. Fique aí quietinha e relaxa que já voltamos — Carroll a assegurou.

— Tá bom, já estou relaxada. E, por favor, uma taça de *Chardonnay*. Obrigada! — Spencer disse.

— Você a terá, meu amor. — Inclinei-me e beijei sua bochecha. Quando levantei, todos os olhos estavam em mim. Sorri para elas, todas com um olhar sonhador no rosto. Eu não fiz aquilo para causar inveja nelas; só fiz por hábito. Ela era minha mulher e eu adorava tocá-la, beijá-la e estar com ela. *Ela*. Eu a amava.

— Ainda não consigo acreditar que sua ex-namorada tentou matar Spencer — Carroll disse, enquanto caminhamos para o bar.

— Nem me lembre. — Suspirei.

— Quando soubemos, ficamos muito preocupados. Não consigo nem imaginar o que você passou.

— Isso tudo é passado. Spencer tem se mostrado forte até agora.

— Ela contou a mim e a Bel que teve alguns pesadelos.

— Teve. — Suspirei, acelerando o passo até o bar.

— Spencer provavelmente me mataria por ser intrometida, mas ela não fala sobre o que aconteceu e eu só quero ter certeza de que ela está bem.

— Ela também não fala comigo. — Parei de falar para fazer o pedido das bebidas e levar de volta. — Eu não sei o que se passa na cabeça dela, ela simplesmente não toca no assunto.

— Talvez seja melhor — ela disse.

— Pode ser... — comecei a concordar, mas parei ao olhar de relance para a mesa e ver um cara sentado no meu lugar enquanto esperávamos o barman servir as bebidas. — Quem é aquele? — perguntei, apontando para o cara.

Carroll olhou na direção em que apontei.

— Ah, é o Acyn. Ele trabalha aqui.

— Ele está trabalhando agora? — disse, o ciúme instantaneamente dominando meu corpo.

Observei a mesa, desejando que o barman se apressasse, ficando cada vez mais impaciente com a espera. Não gostei do que estava vendo. Esse cara, Acyn, sentou no meu lugar, e então se inclinou para perto de Spencer e a cutucou no ombro. Meu sangue ferveu. Spencer era minha, e eu não gostava que outro homem a tocasse, mesmo na frente de outras pessoas e no trabalho.

Enquanto esperávamos o barman, me concentrei somente na mesa. Não sabia se Carroll ainda estava falando comigo e não me importava. Spencer trabalhava com esse cara. Passava oito horas por dia neste prédio e estava claro que ele queria transar com ela.

— Brandon... — Vagamente ouvi meu nome. — Terra para Brandon, as bebidas estão prontas. — Senti Carroll tocar meu ombro, e olhei para ela.

— Oh, sim, desculpe — eu disse e peguei as quatro bebidas, tentando não derramá-las enquanto as carregava até a mesa.

Meus olhos não desviaram daquele cara enquanto voltávamos.

— Oh, Acyn, me desculpe, não sabia que estava aqui. Se

soubesse, teria trazido uma cerveja para você também — Carroll falou enquanto entregávamos as bebidas.

— Não faz mal, na verdade, acabei de chegar — Acyn disse ao me ver, avaliando-me.

Dei a Acyn um sorriso forçado.

— Desculpe, cara, mas se você não se importa? — Acenei com a cabeça para a minha cadeira.

— Acyn, este é o meu namorado, Brandon. Brandon, este é Acyn. Ele é um dos nossos novos consultores de fitness.

Sim, babaca, eu sou o namorado da Spencer.

Acyn era um pouco mais alto do que eu, mas, se ele quisesse brigar, eu tinha Spencer como motivação. Não estava nem aí para quem quer que fosse, ninguém ia tirar Spencer de mim.

Respirei fundo antes de responder. *Acabe com ele com gentileza, certo?*

— Prazer te conhecer — eu disse, estendendo a mão para apertar a de Acyn.

Acyn olhou entre Spencer e mim, reconhecimento registrando em seu rosto.

— Prazer, cara, você tem uma ótima garota. Desculpe por ter pego o seu lugar — ele disse, levantando e liberando a minha cadeira.

— Eu sei que tenho — respondi, jogando o braço sobre os ombros de Spencer quando me sentei e beijei sua bochecha. — Ela é a melhor.

A conversa na mesa continuou e peguei Acyn nos olhando algumas vezes. De alguma forma, ele não sabia que Spencer tinha namorado. Eu não sabia se Spencer gostava dele. Talvez gostasse, mas ela dizia que me amava. As garotas sabiam sobre mim, mas por que o Acyn não?

Minha mão nunca deixou de tocar qualquer parte do corpo de Spencer enquanto estávamos à mesa. Ou meu braço estava em volta dos ombros ou no joelho dela, o qual apertei várias vezes, lembrando-a de que ela era minha.

Eu não conseguia mais continuar sentado observando Acyn nos olhar, provavelmente pensando em como nos separar.

— Então, amor, ainda não vi o seu escritório — falei, sussurrando no ouvido de Spencer.

— Oh, é verdade. Gostaria de um tour com uma guia particular? — ela sussurrou de volta, sorrindo e piscando maliciosamente para mim.

— Faça as honras, amor — respondi.

— Com licença — Spencer disse para a mesa cheia.

Ela pegou minha mão, entrelaçando nossos dedos, e me levou em direção aos elevadores. Quando paramos, ela apertou o botão e olhou para mim.

— O que houve? — ela perguntou, quando percebeu que eu estava um pouco nervoso.

— Não é nada. Desculpe... É que nunca vi alguém flertar com você antes. Me incomodou.

Fiquei incomodado pra caralho. Não sei por que, mas senti vontade de dar um murro na cara dele. Não tive a mesma reação quando vi o ex da Spencer, Travis, mas esse cara realmente precisava ter levado uma porrada.

Talvez fosse porque Travis já não queria Spencer, mas esse Acyn... Não gostei do jeito como ele olhou para ela. Ele a olhava da mesma forma que eu. Mas eu era o sortudo e estava prestes a provar meu ponto.

— Amor, você não tem com o que se preocupar. Sou sua — ela disse.

As portas do elevador se abriram e ela me puxou para dentro com nossas mãos ainda entrelaçadas. Quando me virei para ficar de frente, vi Acyn nos observando.

Lancei um olhar para ele. Um olhar que dizia exatamente o que Spencer e eu estávamos prestes a fazer no escritório dela. Eu ia reivindicá-la. Eu o encarei com um olhar penetrante até as portas fecharem com Spencer ao meu lado.

Minha, babaca.

— Você é minha? — perguntei assim que as portas fecharam, virando para ficar de frente para ela, meu rosto a um centímetro do dela.

— Sou — ela sussurrou.

Peguei suas mãos e as levantei acima da cabeça, pressionando-a contra a parede com meu corpo, minha ereção voltando rapidamente e roçando onde estava ansiosa para ser enterrada.

— Minha — murmurei contra seus lábios, provando meu céu.

— Sua — ela confirmou.

Cinco

*A dor é inevitável.
O sofrimento é opcional.*

— Então, este é o lugar onde você passa a maior parte do dia? — perguntei assim que entramos em seu escritório. Spencer acendeu as luzes, mas rapidamente apagou porque eram fluorescentes e nos cegaram momentaneamente. Mesmo assim, o escritório continuava iluminado pelas luzes da cidade e pela meia-lua que brilhava no céu, na noite de dezembro.

— Exatamente. Aqui é o lugar onde sou escravizada quarenta horas por semana — ela disse, rindo, acenando ao redor da sala.

— Você pensa em mim durante o dia?

— O quê? Claro. Penso em você a maior parte do tempo.

Estávamos sozinhos neste andar do edifício, pelo menos era o que eu queria pensar; não conseguia esperar mais. Não havia a menor chance de eu conseguir esperar até chegarmos em casa como Spencer tinha dito. Assistir outro homem cobiçando minha mulher me levou ao limite. Eu precisava tê-la ali mesmo.

— Sei... — eu disse, caminhando em sua direção depois que fechei e tranquei a porta.

Quando a alcancei, levei-a até a parte de trás de sua mesa, tirando a cadeira do caminho.

— O que você está fazendo? — ela perguntou, dando um gritinho.

— Reivindicando o que é meu, amor.

Deitei-a em cima da mesa e afastei suas pernas com meus quadris, firmando-me entre elas, enquanto desfazia o cinto e desabotoava a calça jeans.

— Amor, estamos no meu local de trabalho — ela disse, erguendo uma sobrancelha enquanto se sustentava pelos cotovelos.

— E?

— E se alguém entrar?

— Quem entraria a essa hora no seu escritório? — perguntei, arriando a calça até os tornozelos. Eu não ia parar.

— Não sei... mas e se?

— Essa é a parte mais excitante, meu amor. Estão todos lá embaixo. Ninguém virá aqui — assegurei.

— Tudo bem, mas, por precaução, temos que ser rápidos.

Eu ia tentar me segurar até Spencer gozar pelo menos uma vez, mas como ela vinha me provocando e seduzindo há horas... Eu não sabia ao certo quanto tempo aguentaria.

Peguei um preservativo na carteira. Nunca saía de casa sem um desde que comecei a namorar Spencer. Nunca sabia quando ia perder o controle e transar com ela. Spencer era a mulher mais linda que já tinha visto, e eu precisava sentir seu gosto todos os dias.

Rasguei o invólucro prateado da camisinha e deslizei o

látex pelo meu, já dolorido, pau.

— Uau, sempre preparado, hein? — Spencer perguntou.

— Tenho que estar, principalmente quando você usa vestido — respondi, inclinando-me para reivindicar sua boca.

Minha mão deslizou por debaixo do vestido, sentindo que sua calcinha já estava molhada de desejo, e um gemido escapou de sua boca, dentro da minha, enquanto nossas línguas giravam juntas.

Eu tinha planejado foder Spencer com força, e era exatamente o que ia fazer. Agarrei a borda da mesa acima de sua cabeça e interrompi nosso beijo para percorrer a língua pela clavícula e até o pescoço, saboreando-a.

Ela colocou os braços em volta do meu pescoço e me puxou, colando nossas bocas novamente, e eu soube ali que não havia como voltar atrás, não com ela me beijando com tanta intensidade como se não nos víssemos há semanas.

Enfiei os dedos dentro da calcinha dela e os deslizei por sua umidade.

— Como você está sempre tão molhada? — sussurrei.

Ela gemeu quando enfiei profundamente dois dedos em sua boceta. Spencer começou a dobrar as pernas, que ainda estavam penduradas fora da mesa, mas interrompi o beijo e a deslizei um pouco sobre a mesa para que ela envolvesse as pernas em minha cintura.

Então me aproximei ainda mais e puxei a calcinha de renda para o lado, sem me dar ao trabalho de removê-la, e me afundei lentamente nela; eu precisava estar dentro dela, sentindo seu calor engolir meu pau. Queria fodê-la com força, mas sabia que ela não estava pronta. Sua boceta contraía em volta do meu pau enquanto eu o deslizava lentamente para trás e para frente, cobrindo-o com seus sucos e expandindo-a.

Enquanto deslizava dentro e fora, olhei para baixo, adorando a forma como sua boceta engolia meu pau.

— Está gostando de ver? — ela murmurou.

— Muito — respondi, lambendo os lábios.

Fechamos os olhos enquanto eu bombeava lentamente até que ela apertou mais as pernas em volta de mim, me dando a dica de que estava pronta. Suas mãos agarraram a borda da mesa, uma das minhas segurando firmemente seu quadril, mantendo-a presa, e a outra ainda segurando a calcinha de lado enquanto eu estocava vigorosamente nela.

— Você é muito gostosa e apertada — gemi.

Nossos corpos balançavam em sincronia enquanto eu ia cada vez mais fundo, a calcinha ficando no caminho, mas eu não queria parar. Não poderia mesmo se tentasse. Seus olhos ainda estavam fechados e eu sabia que Spencer estava perto; via pela sua expressão. Ela abriu e fechou novamente os olhos, virando a cabeça de lado, e cerrando os lábios, tentando abafar um gemido alto quando seu corpo retesou, a boceta apertando meu pau, o orgasmo tomando conta de seu corpo.

Eu já estava prestes a gozar, e vê-la perder o controle diante de mim me levou ao limite, me fazendo grunhir.

— Deus, eu te amo, Spencer — disse, beijando-a.

— Também te amo.

Lentamente me retirei dela e tirei a camisinha, dando um nó no final. Spencer começou a levantar da mesa, mas a empurrei para trás e segurei sua calcinha, puxando-a dela e rapidamente guardando no bolso junto com o preservativo, e endireitando as calças.

Não sei por que fiz aquilo, mas fiz. Talvez fosse porque eu queria que Acyn sentisse o cheiro do que tínhamos acabado de fazer. Talvez tenha sido uma má ideia, mas me sentia como se estivesse demarcando meu território.

— Ei, o que você pensa que vai fazer? Isso é meu — ela disse, estendendo as mãos.

— Na verdade, acabei de reivindicar você, então ela é minha — disse com uma piscadinha.

— Não, não, não, preciso da calcinha de volta.

— Por quê?

— Porque eu não posso simplesmente andar por aí sem calcinha — ela protestou.

— Claro que pode.

— Sério que você quer que eu saia daqui sem calcinha? Estamos na festa da minha empresa!

— Ainda não sei ao certo se já terminei com você — eu disse ao pegar a mão dela para caminharmos em direção à porta.

Eu realmente não sabia. O jeito como ela me provocou e seduziu a maior parte da noite ainda tinha me deixado um pouco duro. Eu conseguiria facilmente ir para mais uma rodada, mas ia tentar esperar até chegarmos em casa, onde eu não precisava me preocupar em sermos pegos.

Havia uma sensação fascinante de ser pego a qualquer momento, mas eu sabia que o local de trabalho de Spencer não era lugar para isso. Eu queria ter todo o tempo do mundo com ela.

— Como assim você ainda não sabe se já terminou comigo?

— Minha mão direita mal tocou em você. Ela gosta de te tocar.

— O quê? — Ela riu nervosamente.

— Você está de vestido e sem calcinha. Minha mão pode sentir frio quando estivermos sentados à mesa, lá embaixo.

— Melhor não fazer isso...

— Desafio aceito — eu disse e pisquei, abrindo a porta do escritório.

— Juro por Deus, é melhor você se comportar! — Ela empurrou meu ombro um pouco.

— Espera pra ver.

Eu só tinha mais alguns dias para comprar um carro para Spencer antes de viajarmos para a casa dos meus pais. Não sabia qual marca ela gostaria de ganhar e não podia perguntar. Queria que fosse surpresa e ter a certeza de que ela não pensaria que eu a estava sufocando com o presente.

Spencer não falava sobre o ataque de Christy e há mais de uma semana não tinha pesadelo. O promotor vinha trabalhando com Spencer na reconstrução do caso contra Christy, mas, por enquanto, Christy estava atrás das grades e não era perigo para Spencer.

A chefe da Spencer tinha lhe dado uma nova responsabilidade, e toda noite discutíamos o movimento de um determinado exercício que seria descrito no site. Pensei que isso a distrairia.

Também não tinha visto mais o cara que a perseguia. Eu ainda olhava as câmeras todos os dias esperando ver aquele carro vermelho para que eu pudesse, pelo menos, ter um vislumbre do idiota. Spencer, Ryan e Max também não foram de nenhuma ajuda em descrevê-lo. Tudo o que me disseram foi que ele era da minha altura e tinha cabelo loiro.

— Pronto para ir? — Becca perguntou ao bater na porta do meu escritório.

— Estou, e Jason?

— Já está lá embaixo.

Peguei minha jaqueta, joguei-a sobre os ombros e saí do escritório, indo com ela para o andar de baixo, onde Jason estava esperando na recepção.

— Como você está? — perguntei.

— Bem — ela disse com um sorriso curto.

Tenho certeza de que Becca estaria ainda mais arrasada se tivesse perdido o bebê, mas, como não chegou a engravidar, estava lidando muito bem com a situação. Ela até pesquisou em Seattle um lugar para passarmos o Réveillon, dizendo que seria sua última comemoração antes da maternidade. E todos realmente esperávamos que fosse... pelo menos por alguns anos, quando ela

Desejando Spencer 53

poderia deixar o filho com uma babá.

— Pronto? — Jason perguntou.

— Estou — respondi, e saímos pelas portas da frente em direção à *Mercedes* de Jason.

— Qual concessionária quer ir primeiro? — ele perguntou.

— *BMW*.

Seis

*A dor é inevitável.
O sofrimento é opcional.*

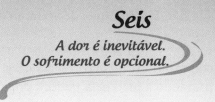

— O que é isso? — Spencer perguntou quando chegamos em casa.

— Bem, eu não podia levá-lo no avião amanhã — respondi, rindo.

— É que... Isso não é para mim, é?

— É, sim.

— Você me comprou um carro? — ela perguntou, olhando para mim com um sorriso enorme que arrebatou meu coração e se apossou dele.

— Comprei, Feliz Natal! — respondi, inclinando-me e beijando-a suavemente.

— Você realmente me comprou um carro? — perguntou de novo.

— Comprei, amor, eu realmente te comprei um carro.

Saímos do meu *Range Rover* e esperei que ela corresse até seu novo BMW preto, mas, em vez disso, voou para mim e pulou em meus braços, envolvendo as pernas na minha cintura.

— Sério mesmo que você me comprou um carro? — ela perguntou novamente.

Desejando Spencer 55

— Comprei — respondi, mais uma vez rindo dela. Beijei sua testa e a coloquei de volta no chão.

— Oh, meu Deus, não consigo acreditar que você me comprou um *Bimmer*! — ela disse e foi até a porta do motorista, passando a mão pela pintura preta metálica.

— Gostou? — perguntei brincando. Eu sabia que ela tinha gostado pelo enorme sorriso estampado em seu rosto.

— Amei!

Ela abriu a porta e sentou no banco de couro preto.

— Tem aquecedores de bunda também — eu disse. — Sei o quanto você gosta da sua bunda quentinha.

Ela bateu palmas toda entusiasmada e olhou para cima.

— E teto solar?

— Sim, meu amor, e ainda tem um adaptador de celular que vou conectar ao seu *iPhone* e você poderá falar com as mãos livres.

Quando Jason, Becca e eu fomos até a concessionária, fiz questão de que o carro tivesse todos os acessórios, incluindo qualquer coisa que pudesse manter minha garota em segurança. Já era ruim o suficiente ela ter que dirigir pelas ruas estreitas de São Francisco, então não queria que dirigisse segurando o celular.

— Oh, meu Deus, eu te amo tanto! — ela disse quando saiu do carro e me abraçou novamente.

Spencer me deu de presente de Natal ingressos para o jogo

do *Cowboys*. Não sei como, mas ela conseguiu comprá-los para nós dois. Fiquei superanimado! Não conseguia me lembrar da última vez que tinha ido a um jogo ou sequer pensado em ir a um enquanto estivéssemos no Texas. Na minha cabeça, essa viagem seria para passar um tempo com os meus pais — tinha esperança de que com meu irmão também — e não sabia que íamos a um jogo do *Cowboys*.

— Quer se juntar ao *Mile High Club*? — perguntei.

Spencer parou de ler no kindle e olhou para mim.

— Você é muito engraçadinho.

— Vamos, vai ser divertido — sussurrei.

— Você é louco. Não vamos caber lá dentro. E você sabe como esses banheiros são fedorentos.

— Você está me matando — eu disse.

Só de pensar em transar com Spencer já me deixava de pau duro.

— É você mesmo quem está fazendo isso. — Ela riu.

— É que você é muito gostosa — eu disse, inclinando-me e passando a mão pela coxa dela, avançando em direção à parte interna.

— Você consegue esperar alguns dias. Nós transamos ontem à noite.

— Alguns dias? — perguntei, afastando a cabeça para trás e olhando-a como se ela tivesse perdido o maldito juízo.

— Sim. Alguns dias. Estaremos em casa antes que você

perceba.

— Primeiro de tudo, nós não vamos esperar alguns dias. A casa dos meus pais é grande. Em segundo lugar, viajo para Seattle na manhã seguinte após voltarmos para casa. Não vamos esperar nada.

— Bem, também não vamos fazer isso agora — ela sussurrou.

— Você nunca desejou se juntar ao *Mile High Club*?

— Pensei sobre isso até ir naquele banheiro. É fedorento pra cacete.

— Tudo bem, mas, hoje à noite, no quarto do hotel, você é minha. Não dou a mínima se estaremos exaustos por acordar cedo, viajarmos o dia todo e a longa viagem para Dallas — eu disse e tirei a mão da coxa dela.

Desde quando Spencer me rejeita?

— Pronto para o seu outro presente? — Spencer perguntou enquanto caminhávamos em direção à esteira de bagagens.

— Estou? — questionei.

— Você vai gostar.

— Minha mãe que escolheu?

Eu estava confuso. Tínhamos acabado de aterrissar em Houston, e Spencer estava perguntando se eu estava pronto para outro presente. Será que meus pais o estavam trazendo?

58 Kimberly Knight

— Mais ou menos. — Ela riu.

— O que é tão...

Antes que eu pudesse terminar a frase, ouvi alguém gritar meu nome. Eu sabia que não era meu pai; gritar não era do feitio dele. Agora meu irmão, por outro lado...

— O que o...? Blake? — Acelerei o passo em direção ao meu irmão. Eu não o via há mais de um ano. Quando meus pais vieram para São Francisco em escala para o Havaí, ele não veio junto.

— Não sabia que você vinha — eu disse, abraçando-o.

— Ouvi dizer que foi ideia da sua garota — ele disse quando nos afastamos.

Olhei para Spencer.

— Surpresa! — ela disse.

Peguei a mão dela e a puxei para mim, para fazer as apresentações oficiais.

— Blake, esta é a *minha* garota, Spencer. Amor, este é o meu irmão, Blake.

— É bom finalmente te conhecer, Spencer, minha mãe falou de você o tempo todo — ele disse, dando a ela o sorriso Montgomery que nos rendeu nosso quinhão de mulheres.

— Que bom! — Spencer disse, sorrindo para minha mãe.

Desviando do meu irmão, abracei minha mãe e depois meu pai, então notei que havia outra pessoa com eles. Blake nos apresentou sua amiga, Angelica, que passaria a noite com a gente e ia ao jogo em Dallas.

— Vamos, crianças — meu pai disse, batendo nas minhas costas.

A viagem até o Texas foi brutal, especialmente depois de voar por três horas e meia com uma escala de uma hora em Phoenix. Eu e Spencer estávamos acabados e tudo o que eu queria fazer era cair na cama com ela em meus braços.

— Minha nossa, que dia longo — Spencer disse ao se jogar de cara na cama.

Pulei na cama e sentei em sua bunda. Inclinando-me para baixo, beijei sua bochecha.

— E como... Obrigado pelos meus presentes.

— De nada — ela disse, virando de costas. Montei em seus quadris, que era um dos meus lugares favoritos para ficar.

Inclinei-me novamente e beijei os lábios que eu tanto tinha desejado desde que estávamos no ar.

— Serviço de quarto, banho e depois cama?

— Perfeito.

Pedimos serviço de quarto, ligamos a TV e passeamos pelos canais oferecidos pelo hotel, tentando encontrar algo para assistir quando alguém bateu na porta.

— Oi, mãe — eu disse ao abrir a porta.

— Desculpa se interrompo, mas esqueci que trouxe suas

duas camisas antigas do *Cowboys* para vocês usarem amanhã.

Eu sabia, pelo seu tom de voz, que havia uma insinuação quando ela disse "interrompo". Afinal, estávamos em um quarto de hotel, de férias. Abracei-a e disse boa noite... de novo.

— Então, você quer usar a número vinte e dois ou a oito? — perguntei, segurando as camisas brancas com números azuis e listras grossas azuis ao redor das mangas para ela escolher.

— Bem, acredite ou não, eu realmente sei quem são Emmitt Smith e Troy Aikman — Spencer disse e me mostrou a língua.

Não fiquei nem um pouco surpreso. Bem, talvez um pouco, mas não demonstrei. Ela me surpreendia todos os dias, e eu era um sortudo por tê-la encontrado. Era a mulher que eu sempre desejei. Adorava esportes, mesmo que pela TV, e jogava pôquer. Ela não enchia o meu saco. Não me acusava de traí-la e não se importava que eu tivesse outros amigos além dela. Ela era perfeita.

— Tá bom, qual vai ser, então? — perguntei.

— Fico com a camisa de um dos melhores corredores de todos os tempos e deixo você ficar com a do companheiro dele de equipe lançador.

— Interessante... Uma fã do Emmitt, hein? Então, é a vinte e dois — eu disse, jogando a camisa para ela.

Estava rezando silenciosamente para que ela não escolhesse a camisa do meu companheiro lançador. Eu sentia falta de jogar. Odiava que minha carreira tenha terminado quando eu ainda era estudante do segundo ano na faculdade. Acho que as coisas acontecem por uma razão, porque, se não fosse por esse trágico evento, provavelmente teria me tornado profissional e nunca conheceria Spencer.

Desejando Spencer 61

Depois de jantarmos e tomarmos um banho de banheira, que me fez lembrar da nossa noite em *Pebble Beach*, me joguei na cama para esperar minha garota se juntar a mim.

Spencer estava demorando muito para colocar o pijama e vir para a cama. Eu estava exausto, e tínhamos que levantar cedo para o jogo. Estava realmente cansado demais até para transarmos. Não toquei mais no assunto com Spencer. Provavelmente ela pensou que tinha esquecido, mas eu sabia que teríamos um tempo só nosso na casa dos meus pais. Ela não sabia que eles tinham uma casa de hóspedes e que era lá que ficaríamos.

Spencer saiu do banheiro e eu engoli em seco. Ela estava vestindo a camisa número vinte e dois, que a cobria quase toda, parecendo um vestido.

— Amor... O que você está fazendo? — perguntei, toda a exaustão indo embora, dando lugar ao desejo.

— Indo para a cama — ela respondeu.

Indo para a cama? Que atrevida.

— Com a minha camisa? — perguntei.

— Quem sabe ela não traz sorte para o *Cowboys* amanhã? — ela disse e puxou a coberta do seu lado da cama.

Gargalhei alto.

— Você sabe que não é por causa disso.

— Eu sei — ela disse, mordendo o lábio, e meus olhos foram diretamente para sua boca. Então, ela engatinhou até onde eu estava sentado na cama.

— E você sabe que, quando usa um vestido ou algo que se

assemelhe a um, me deixa louco, não é?

— Sei também.

— Vem aqui — disse, agarrando seu braço e puxando-a para baixo, em cima de mim. Eu sabia que meu olhar era de desejo ardente. Vê-la com minha camisa como se fosse um vestido ou camisola me deixou instantaneamente louco.

Ela soltou um grito, me fazendo sorrir, e a virei de costas com a cabeça apoiada no meu colo — eu estava sentado encostado na cabeceira da cama. Sabia que ela podia sentir meu pau cutucando seu ombro. E, mais uma vez, eu estava duro pra cacete.

Passei a mão suavemente por sua perna e sob a camisa.

— Minha nossa, você planejou isso. Nem está usando calcinha — grunhi.

— Ahãm — ela confirmou, mordendo novamente o lábio inferior.

Abaixei-me e beijei-a novamente, não conseguindo resistir aos seus lábios enquanto corria a mão sobre seus pelos pubianos sob a camisa, em seguida, afundei dois dedos dentro dela.

— Delícia — ela gemeu conforme eu deslizava habilmente os dedos nela.

Ainda curvado, beijei-a enquanto lhe dava prazer com os dedos. Eu estava desconfortável, mas não me importei. Ela era minha e eu que me esforçasse ao máximo, ou, neste caso, me curvasse para frente.

Com o polegar, fiz pequenos círculos em seu clitóris, fazendo-a gemer. Sabia que ela já estava perto. Eu estava com tesão desde que tive a ideia de aderir ao *Mile High Club*, e, se eu conhecia bem minha namorada, ela também passou o dia com tesão, mas conseguiu resistir.

— Essa camisa já deu o que tinha que dar — eu disse ao retirar os dedos e tirando-a sobre sua cabeça, jogando-a no chão, deixando-a nua, exatamente como eu queria que ela ficasse o tempo todo.

Estendendo o braço por suas costas, levantei-a e a movi para o centro da cama com a cabeça em direção ao pé. Eu precisava provar mais do que apenas os lábios. Passei a língua do pescoço ao seio, brincando e chupando com força um mamilo. Depois, dei o mesmo tratamento ao outro seio, os mamilos ficando ainda mais duros ao toque da minha língua molhada.

Desci a língua para a barriga, suas mãos percorrendo meu cabelo ainda úmido, provocando instantaneamente uma gota de pré-gozo na ponta do meu pau. Caralho, eu adorava quando ela passava as mãos pelo meu cabelo, e fazia isso sempre.

Minha língua continuou descendo em direção à boceta, querendo saborear o doce néctar que encheu minhas narinas quando cheguei mais perto. Abri e dobrei amplamente seus joelhos, me permitindo acomodar-me onde eu queria estar e deslizei a língua sobre seu núcleo molhado, saboreando-o.

Ela puxou meu cabelo quando mergulhei a língua em sua boceta e sobre o clitóris, alternando entre um e outro para sorver seus sucos.

— Não pare — ela gemeu.

Eu não poderia, mesmo que minha mãe entrasse naquele momento.

Continuei chupando seu clitóris e bebendo seu néctar, e, antes que eu pudesse usar os dedos, ela gozou embaixo de mim, apertando as coxas na minha cabeça.

Nossos olhos se encontraram e me levantei, movendo-me até o rosto dela e a beijando, fazendo-a sentir seu gosto doce.

Rapidamente saí da cama e fui até o banheiro, procurando uma camisinha na minha bagagem de mão. Eu já estava ficando cansado de usá-las. Sabia que ia me casar com Spencer, mas, depois do que aconteceu com Christy, eu precisava ter certeza de que estava cem por cento certo de que Spencer era a mulher da minha vida. Eu estava noventa e nove vírgula nove por cento certo.

Voltei, rasgando com os dentes a embalagem da camisinha e a jogando no chão, então lentamente a rolei sobre minha ereção latejante.

— Vire para o lado esquerdo — eu disse ao me inclinar e sussurrar em seu ouvido.

Ela olhou para mim, parando por um momento. Apontei com a cabeça para o centro da cama e ela fez como instruí. Quando se posicionou de lado, fui até ela e dobrei suas pernas, sentando atrás de sua bunda, no meio da cama.

— Coloque as mãos atrás das costas, amor. — Ela virou a cabeça para mim e me deu um olhar interrogativo novamente. — Confie em mim.

Envolvi sua perna direita na minha cintura, separando as coxas, e me aproximei ainda mais do meio delas, roçando o pau em sua boceta, provocando-a.

No entanto, quanto mais eu roçava nela, mais eu me provocava. Eu queria estar profundamente enterrado nela, sem preservativo, mas eu não podia dar mole de engravidá-la antes de nos casarmos. Spencer merecia o pedido perfeito, o casamento perfeito e uma vida perfeita. Eu não queria que fosse um casamento forçado. Esse não era eu. Essa não era ela.

Afundei dentro dela, assumindo rapidamente um ritmo enérgico, golpeando cada vez mais rápido e mais forte, minhas bolas batendo em sua bunda, meu pau enterrado profundamente.

— Oh, meu Deus, isso é tão bom — ela gemeu.

Estendi a mão e acariciei seu seio, trabalhando o bico endurecido entre os dedos, estocando cada vez mais. Eu não sabia que era possível, mas sentia meu pau batendo no fundo de seu canal. Seus gemidos eram música para os meus ouvidos, e eu chegava mais perto de derramar minha semente.

— Amor, você vai ter que aguentar mais um pouco. Estou muito perto — gemi. Eu queria que nós dois gozássemos ao mesmo tempo.

Continuei estocando, batendo no ponto que a fazia gemer. Comecei a sentir sua boceta contrair e ter espasmos enquanto bombeei dentro e fora algumas vezes mais, antes de gozarmos, ambos sem nenhuma energia para nos movermos por alguns minutos depois.

Sete

A dor é inevitável.
O sofrimento é opcional.

Ver Spencer com a camisa que tinha usado "para dormir" na noite passada estava me deixando excitado, de novo, e com vontade de voltar para o quarto em vez de irmos nos encontrar com meus pais para o café da manhã. Eu não sabia como ia aguentar o dia todo. Só precisava ser forte e me concentrar no futebol e não no que ela estava usando.

— Onde está o Blake? — perguntei aos meus pais quando entramos no restaurante.

— Ele deve chegar logo, você sabe como ele é — meu pai respondeu.

Meu irmão era... bem, ele só fazia o que queria. Durante anos, ele se meteu em um monte de problemas, e, às vezes, eu me perguntava se tínhamos os mesmos pais. Meus pais eram reservados, mas divertidos. Eles sabiam quando impor respeito, mas também sabiam quando deixar solto. Blake... foi deixado solto o tempo todo.

Cinco meses atrás, ele foi parado e acusado de dirigir bêbado. Pediu ajuda aos meus pais e eles concordaram, mas sob a condição de ele voltar a morar com eles e retomar os estudos.

Pensei que ele finalmente tinha amadurecido, mas, visto que estava quinze minutos atrasado para o café da manhã, eu

Desejando Spencer   67

tinha me enganado. Estávamos morrendo de fome e cansados de esperar por ele. Assim que nosso garçom anotou o último pedido da mesa, Blake e Angelica entraram cambaleando no restaurante, rindo e com suas camisas do *Cowboys*.

Blake estava todo despenteado e Angelica parecia que tinha passado a noite em claro. Pessoalmente, achei-a uma merda; não sabia o que Blake viu nela.

— Madrugaram? — perguntei.

— Não dormi, mano — Blake respondeu, me batendo no ombro, e sentou na cadeira ao meu lado.

Eu sei, deu pra notar.

— Não quero nem saber — falei, balançando a cabeça. Sinceramente, o que ele viu naquela garota?

— O quê? — Blake perguntou, seu olhar desviando do meu para o da minha mãe, que apenas balançou a cabeça também.

Ninguém respondeu a ele. Provavelmente, estávamos todos pensando a mesma coisa: Blake andou fazendo merda. Não por ter passado a noite em claro ou por ter se atrasado para o café da manhã, mas por causa do seu comportamento. O velho Blake estava irradiando nele, e eu queria enchê-lo de porrada por se aproveitar dos nossos pais.

O garçom finalmente pigarreou, atraindo a atenção de todos de volta para ele.

— Hum, você já sabe o que vai pedir ou precisa de mais tempo? — perguntou.

Blake olhou para o cardápio e pediu para ele e Angelica,

que protestou em voz alta quando ele escolheu bacon e ovos para os dois.

— Querido, eu não como carne ou produtos de origem animal — ela gritou. — Estamos namorando há duas semanas e você ainda não sabe que sou vegetariana? — Ela levantou, puta da vida. — Não se preocupe em me ligar de novo. — Ela saiu do restaurante, enquanto todos nos viramos embasbacados para Blake.

Que porra é essa? Aonde diabos ela ia? Ela morava em Houston, e estávamos todos a caminho de Dallas. Que garota porra louca! Bem o tipo de Blake... E eu tenho vergonha de dizer que também era o meu tipo antes de Spencer.

— Você namora a pobre garota há duas semanas e não sabe que ela é vegetariana? — minha mãe perguntou, mostrando claramente desaprovação no rosto.

— Bem, não passamos nosso tempo todo juntos comendo. E não estamos namorando de verdade, estamos apenas... ah, você sabe — ele disse, dando de ombros, depois se levantou e foi atrás da Angelica.

— Você pode nos dar mais alguns minutos? — minha mãe perguntou ao garçom e ele foi embora, claramente irritado com os Montgomerys.

— Por que ela ficou tão brava? — meu pai perguntou.

Como ele não sabia? Primeiro, Blake saía com garotas loucas, exceto a namorada Stacey, com quem vivia terminando e voltando. Segundo, eu nunca pediria comida por Spencer, mesmo se soubesse o que ela queria. Talvez por ser controlador, eu queria que Spencer fizesse o que quisesse. Por fim, ficou claro que Blake estava só comendo essa garota. Até fiquei surpreso por ele tê-la trazido para o jogo.

— Querido — minha mãe disse ao meu pai —, venho te dizendo isso há anos, homens não prestam atenção.

— Eu presto atenção em você.

— Bem, já estamos juntos há trinta e cinco anos. No começo do namoro, você era do mesmo jeito. É que já são anos de treinamento.

— Eu presto atenção em Spencer — afirmei.

— É verdade, Spencer? — minha mãe perguntou.

Ela pensou por um momento antes de sorrir para mim e se virar para minha mãe.

— Bem, ele não escuta quando reclamo de fazer agachamento na parede.

Soltei uma risada por sua colocação.

— É porque eu sei o que é melhor para você — falei, inclinando-me para beijar sua bochecha.

— Bem, mesmo assim você não me ouve.

Apertei seu joelho por debaixo da mesa e pisquei para ela. Ela reclamava e gemia toda vez que exercitava a perna, mas esses exercícios eram muito importantes. Sem eles, duvido que eu tivesse conseguido fazê-la gozar na pista de dança em Las Vegas. Eu não ia parar agora, e, já que malhávamos juntos, ela tinha que fazê-los.

Minutos depois, Blake e Angelica retornaram. Parecia que

Blake tinha suavizado as coisas, e Angelica se desculpou pela explosão, culpando a falta de sono. O garçom finalmente voltou e Blake deixou Angelica fazer o pedido dela. Ninguém falou da briga ou até mesmo do fato de Blake e Angelica bocejarem o tempo todo e tomarem café em excesso.

Eu estava no céu, porra! Minha namorada estava ao meu lado e os meus garotos estavam no campo. Não estava nem ligando se estavam indo para o intervalo perdendo. Eu estava eufórico por estar em um jogo.

— Vamos pegar outra bebida — Blake falou, gritando sobre a multidão barulhenta.

— Quer outro Pepper Jack? — perguntei a Spencer, inclinando-me para ela.

Antes de hoje, Spencer não sabia o que era Pepper Jack. Eu adorava. Era um clássico do Texas. Uma mistura de *Dr. Pepper* e *Jack Daniels*. Era gostoso demais.

— Claro, vou com você.

— Não, eu trago. Fique aqui com Angelica — eu disse, beijando-a na testa.

Eu não sabia onde meus pais estavam. Blake nem sequer se preocupou em perguntar se Angelica queria uma bebida, nem perguntou se queria ir com a gente. Imaginei que ainda estivesse chateado pelo fiasco do café da manhã. Conhecendo meu irmão, ele devia estar desejando que voltássemos para Houston para não ter que vê-la novamente.

Desejando Spencer 71

— Cara, você sabe como escolher uma mulher — eu disse a Blake enquanto esperávamos na fila para pedir nossas bebidas.

— É. Ela nem sequer é grande coisa na cama.

Algumas pessoas na fila viraram para olhar para a gente. Blake não foi nem um pouco discreto.

— Por que está com ela? Pensei que você tivesse passado a noite em claro... você sabe, fodendo — falei a palavra "fodendo" em um sussurro.

— Eu achei que seria. Essa garota é muito louca. Ficamos acordados a noite toda, mas não transamos. Ela ficou reclamando de tudo: da viagem, do hotel, da cama, do que passava na tv. Até que, por fim, só para ela calar a boca, a fiz chupar meu pau.

Eu ri com ele. Isso me fez lembrar a Christy. Era exatamente assim.

— Já passei por isso — eu disse quando a fila andou.

— Sim, cara, como se você fosse alguém para falar. Sua ex tentou matar sua atual namorada.

— Ela é minha namorada, não *atual* namorada.

— É a mesma coisa — ele disse e a fila andou, chegando a nossa vez.

— Não — eu disse, balançando a cabeça. — Ela é diferente.

— O que você quer dizer? Vai se casar com ela?

Antes que eu pudesse responder, era a nossa vez de pedir as bebidas. Com as bebidas nas mãos, voltamos para as meninas... ou menina. Angelica não estava à vista.

72   Kimberly Knight

— Ei, onde está Angelica? — perguntei, entregando a bebida de Spencer.

— Hum... ela foi embora.

— O quê? — Ouvi Blake perguntar atrás de mim.

— Como assim ela foi embora? — perguntei.

— Os dois rapazes que estavam sentados aqui na nossa frente perguntaram se podiam nos comprar bebidas. Eu recusei, mas ela foi com eles.

— Sério? — Blake perguntou, olhando para a esquerda, na direção em que Angelica foi.

— Sério, eu tentei impedi-la, mas ela não me ouviu — Spencer disse.

— Tá bom, se ela não voltar até terminar o jogo, vamos embora sem ela — Blake disse.

— Mano, você vai deixá-la aqui? — perguntei.

— Ela que se foda. Por que eu a levaria para casa se ela me largou por outros homens? Não estamos namorando sério nem nada, mas não pedi para ela vir comigo para se divertir com outros homens.

Para começo de história, eu queria saber por que ele a pediu para vir com a gente, mas, antes que eu pudesse falar, meus pais sentaram do outro lado de Spencer, e minha mãe se inclinou para perguntar para onde Angelica tinha ido.

— Hum... ela foi pegar uma bebida — Spencer disse.

Minha mãe olhou para Blake.

— Você deixou aquela pobre moça sair sozinha para comprar bebida?

— Não, mãe, não deixei. Ela simplesmente decidiu ir embora — Blake respondeu, irritado.

— É verdade, ela acabou de ir embora. Blake está um pouco chateado — Spencer disse.

— Por que ela foi embora? — Ouvi minha mãe perguntar a Spencer, como se fossem duas fofoqueiras.

— Não sei te responder — Spencer respondeu.

— Ela simplesmente se levantou e foi embora? — meu pai perguntou.

— Não, ela saiu com os dois rapazes que estavam sentados aqui à nossa frente — Spencer disse. Apertei seu joelho, implorando para ela parar. Isso era problema de Blake, não dela nem nosso.

Oito

A dor é inevitável.
O sofrimento é opcional.

Não vimos Angelica novamente. Eu sabia que deixá-la estava matando minha mãe por dentro, mas foi Angelica quem escolheu isso. Ela não atendeu as ligações do Blake, se é que ele realmente ligou. Ficamos presos tempo suficiente esperando que ela voltasse para onde estávamos sentados, mesmo depois que o jogo terminou, mas tínhamos uma longa viagem pela frente e ela era adulta.

Na viagem de volta para Houston, Spencer e eu nos sentamos na parte de trás do *Escalade* do meu pai. Assim que saímos da cidade e entramos no enorme espaço aberto do Texas, que é um local onde se pratica caça e pesca, olhei para Spencer quando ela deitou a cabeça no meu ombro. A camisa que usou o dia todo ficava na altura dos joelhos e a imaginei sem o jeans — exatamente como na noite anterior, quando a vi pela primeira vez vestida com ela.

Meu pau contraiu instantaneamente dentro da calça. Só conseguia pensar no corpo nu de Spencer pressionado ao meu desde que a vi passar a camisa pela cabeça. Blake estava ouvindo música com fones de ouvido, minha mãe e meu pai estavam em seus próprios mundos na parte da frente, e eu pensando em como Spencer me fazia sentir como um adolescente com tesão.

Era impossível resistir a ela. Não conseguia ficar um dia sequer sem transar e não poderia mais viver sem ela. Ela era tudo

Desejando Spencer   75

o que eu sempre desejei e, quando disse a Jason que ia me casar com ela, antes mesmo de saber quem realmente era, não tinha consciência de quão verdadeiras foram aquelas palavras.

Eu ia fazê-la ser minha para sempre. Mas, primeiro, ia fazê-la gozar na parte de trás do *Escalade* dos meus pais como um adolescente com tesão.

Eu: Estou louco para arrancar essa sua camisa quando chegarmos na casa dos meus pais. Estive pensando o dia todo em você só vestindo ela ontem à noite!

Sorri ao ler o texto. Sabia que, se eu a sondasse o suficiente, ela cederia. Decidi trapacear ao mencionar a casa dos meus pais. Eu precisava que ela ficasse excitada como eu estava para que aquilo funcionasse.

Spencer: *Na casa dos seus pais? Está louco?*

Eu: Louco por você e sua boceta.

Spencer: *Bem, minha boceta adora o seu pau, mas não devemos esperar até que seus pais estejam dormindo hoje à noite?*

Eu: Você nunca viu a casa... eles não vão ouvir.

Spencer: *Eles não vão ficar desconfiados se desaparecermos?*

Eu: A gente diz que vai tirar uma soneca.

Ela riu um pouco alto e respondeu de volta:

Spencer: *Você sabe que isso é código universal para o sexo, né? Rsrs!*

Eu: Não tô nem aí. Moramos juntos e somos adultos. Fiquei excitado o dia todo, amor!

Spencer: *Vamos ver.*

Soltei um grunhido. Isso estava se tornando mais difícil do que eu pensava.

Brandon: Como se você já tivesse me rejeitado!

Bem, isso não era verdade. Ela tinha me rejeitado no dia anterior, quando eu queria aderir ao *Mile High Club*. Se ela não me deixasse vê-la desmoronar nos próximos dez minutos, nós faremos parte desse clube!

Spencer: *Muito arrogante, não?*

Eu: Sim, eu disse que meu pau precisa da sua boceta!

Toda aquela conversa — ou mensagens de texto — sobre meu pau e a boceta dela estava me deixando mais excitado do que antes de eu começar essa tortura pelo celular. Eu a queria pra caralho e me contentaria em apenas sentir seu gosto através dos meus dedos até chegamos à casa dos meus pais.

Spencer: *Tudo bem, mas é melhor ser rápido. Não quero ficar envergonhada na frente dos seus pais.*

Eu: Isso não será problema. E pra começar... desabotoe seu jeans.

Spencer: *O quê???*

Eu: Por favor?

Spencer: *Tá falando sério? Seu irmão está logo ali!*

Eu estava falando extremamente sério.

Eu: Então você vai precisar ser muito silenciosa. :)

Assisti Spencer colocar o celular no assento ao lado dela e olhei para o meu irmão e meus pais, que pareciam ainda estar fazendo a mesma coisa desde a última vez que os observei. Se minha mãe estivesse dormindo, meu pai provavelmente presumiria que Spencer e eu também estávamos.

Spencer desabotoou e abriu o zíper da calça, e depois puxou a camisa para fora e cobriu totalmente a calça aberta. Não havia a menor possibilidade de meus pais verem, mas Blake, se olhasse para trás, sim. Claro, eu levantaria o polegar se isso acontecesse e uma parte minha queria que ele olhasse.

Spencer sentou um pouco mais relaxada, abrindo as pernas e descansando a cabeça no encosto do assento. Também deslizei o suficiente para descansar a cabeça em seu ombro. Se meu pai olhasse pelo espelho retrovisor, provavelmente pensaria que eu estava dormindo.

Fechei os olhos e coloquei a mão esquerda sob a camisa, sentindo a suavidade da pele de sua barriga plana. Desci a mão lentamente, meus dedos tocando a borda da calcinha dela antes de eu rapidamente enfiar a mão e deslizar o dedo do meio na boceta escorregadia, e depois tirá-lo, parando no clitóris.

Com o polegar, tracei círculos sobre aquela protuberância, sentindo seus sucos se tornando mais proeminentes a cada toque. Deslizei um segundo dedo, acariciando a carne inchada, e seu doce néctar encharcou meus dedos. Porra, como eu queria saboreá-la.

Eu queria prolongar o prazer dela, mas, novamente, tinha esperado o dia todo para prová-la. Dizem que leva vinte e um dias para se formar um hábito, mas, no meu caso, bastou uma olhada para eu me tornar viciado em Spencer. Eu queria agradá-la o tempo todo. Não ligava para onde estávamos, mesmo que estivéssemos a menos de três metros dos meus pais.

Senti suas mãos fechando e o corpo retesando. Eu sabia que ela estava lutando contra a reação natural de gemer enquanto eu continuava esfregando o clitóris com o polegar e enfiando os dedos em sua boceta quente, molhada e suculenta.

Ouvi um leve gemido escapar de seus lábios. Um gemido que sei que fui o único a ouvir, mas Spencer fingiu ser uma leve tosse; sua boceta contraiu em volta dos meus dois dedos quando ela gozou.

Tirei-os lentamente de dentro da calcinha, tentando não perder nada de sua essência, porque eu queria tudo. Estava com sede e queria cada gota.

Spencer me observou chupando lentamente cada dedo.

Quando chegamos à casa dos meus pais, já estava escuro e eu a ponto de foder Spencer contra o *Escalade* em vez de irmos para a casa de hóspedes, onde ficaríamos.

Quase fiz exatamente isso, mas meu pai veio retirar as malas e Blake e eu o ajudamos a levá-las para dentro de casa.

Com Spencer junto, andamos pela casa e saímos pelas portas duplas para o quintal.

— Para onde vamos? — Spencer perguntou.

— Para o nosso quarto — respondi, sorrindo para ela.

— Do lado de fora?

— Na casa de hóspedes.

— Seus pais têm uma casa de hóspedes?

— Têm, eu te disse que eles não podiam nos ouvir — disse, inclinando-me para perto dela e sussurrando em seu ouvido.

Andamos por um caminho de estuque iluminado, passando pela quadra de tênis de tamanho real onde meus pais costumavam manter a forma quando mais novos, e fomos para a casa de hóspedes ao lado, com vista para a piscina.

— Quantos quartos tem a casa principal? — Spencer perguntou depois de dar uma olhada na pequena casa de um quarto.

— Cinco. Mas meus pais querem que as pessoas tenham privacidade, já que eles moram longe de quaisquer hotéis.

— Isso é legal. E também é perfeito para os seus planos — ela disse e piscou para mim.

— Exatamente — anuí, caminhando até ela e a pegando no colo para levá-la para a cama queen-size. Eu estava cansado de esperar. Minhas bolas estavam doendo e, se meus pais nos questionassem, eu diria que estávamos "nos refrescando". Embora a verdade seja que "nos refrescando" viria depois que nossos corpos ficassem suados pelo sexo.

— Bem, não exatamente.

— Por quê? — perguntei, beijando seu pescoço. Não havia nenhuma razão. Pensei nisso durante todo o caminho.

— Sua mãe quer que eu ajude com o jantar.

— Serei rápido. — Continuei beijando seu pescoço, puxando a gola da camisa para baixo para alcançar seus seios.

— À noite, quando formos para a cama — ela disse, tentando formar a frase.

Ela não me rejeitou mais cedo e não ia fazê-lo agora.

— Meu amor — falei, continuando a beijar seu pescoço, clavícula e o topo de um seio enquanto a mão deslizava sobre sua barriga por baixo da camisa. — Você está me deixando com as bolas azuis aqui!

— Não tenho culpa — ela disse rindo e empurrando meu peito para se levantar.

Virei de costas e gemi.

— Juro por Deus, amor, hoje à noite é melhor você torcer para os meus pais terem sono pesado.

— Engraçadinho — ela disse, já caminhando porta afora e indo em direção à casa principal.

Eu estava ansioso para voltar para casa e poder me enterrar em Spencer a qualquer momento que eu desejasse. Desde que viajamos, ela estava mais inclinada a me rejeitar e eu não estava nem um pouco feliz com isso.

82   Kimberly Knight

Nove

*A dor é inevitável.
O sofrimento é opcional.*

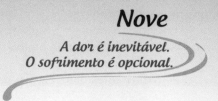

Todos nos sentamos à mesa da cozinha para comer os tacos que minha mãe e Spencer fizeram. Eu sentia falta de comer taco mexicano com toque texano. Havia algo de diferente entre ele e o californiano, mas não sabia dizer o que era. Talvez eu só sentisse falta da comida da minha mãe. Acho que era isso.

— Querido, você teve notícias da Angelica? — minha mãe perguntou ao Blake.

— Sim, ela ligou, mas eu não atendi — ele disse antes de levar uma garfada de arroz à boca.

— Por que não? — minha mãe o incitou.

— Por que eu atenderia? Ela sumiu com outros homens e nem se incomodou em voltar durante o segundo tempo.

— Isso é verdade — eu disse.

— Pelo menos sabemos que ela está bem — Spencer disse.

— Está — Blake disse com a boca cheia de comida. — Em todo caso, vou sair um pouco.

— Aonde você vai a essa hora? — meu pai perguntou.

— Pai, eu já tenho vinte e oito anos.

Desejando Spencer 83

— E vive sob o meu teto — respondeu meu pai, começando a levantar o tom de voz.

— Robert — mamãe o advertiu e olhou para Spencer.

— Volto antes das dez. Eu prometo — Blake disse.

— Lembra daquele comercial "São quase dez horas, você sabe onde seus filhos estão"? — perguntei, tentando aliviar o clima.

Spencer riu ao meu lado e Blake me fuzilou com os olhos. Eu estava tentando melhorar a situação.

— É verdade. Bem, vejo todo mundo amanhã de manhã — Blake disse ao levantar da mesa e pegar seu prato.

— Você não quer passar um tempo com seu irmão que já não vê há muito tempo? — perguntou minha mãe.

— Todo mundo vai para a cama cedo. Estarei aqui para o café da manhã.

— Não se atrase — meu pai disse.

Quase engasguei com a minha margarita. Eu esperava que não tivéssemos uma repetição daquela manhã. Blake tinha vinte e oito anos, mas, visto que não agia como um adulto e ficava longe de problemas, entendi onde meus pais queriam chegar. Só esperava que ele não os decepcionasse novamente.

Após o jantar, Spencer e eu assistimos um filme com meus pais. Já eram quase dez da noite e Blake ainda não tinha voltado para casa. Eu realmente esperava que meus pais o deixassem em paz até depois do Natal, quando Spencer e eu tivéssemos voltado para casa. Só estávamos namorando há quatro meses; ela não precisava ver o lado louco da família, ainda.

Enquanto assistíamos ao filme, recebi um e-mail dizendo que havia uma oferta para o meu apartamento. Não era o preço que eu havia pedido, mas não desejava permanecer com ele por mais tempo. Queria acabar logo com isso, encerrar esse capítulo e seguir em frente com nossas vidas, mas eles ofereceram duzentos mil a menos do que eu queria.

Enviei um e-mail de volta fazendo uma contraproposta de um milhão e cem em vez de um milhão e duzentos, que era o que eu queria. Era a primeira oferta. China Basin era um local privilegiado de São Francisco e muitas pessoas queriam viver ao lado do *AT&T Park*, assim como eu, mas não havia mais como. Eu sabia que teria outras ofertas; era só uma questão de tempo.

Depois que o filme terminou, Spencer e eu fomos para a casa de hóspedes.

— Quer dar um mergulho? — perguntei.

— Agora?

— E por que não?

— A água está fria!

— É aquecida.

Ela pensou por alguns segundos, olhando para a piscina iluminada, então finalmente cedeu.

— Claro.

Depois de nos trocarmos, colocamos nossas toalhas em uma das espreguiçadeiras, tiramos os chinelos e segurei a mão de Spencer, ajudando-a a descer as escadas da piscina.

Não era tão quente, mas estava quente em comparação ao ar de dezembro. Entrei primeiro e me ajoelhei quando Spencer parou.

— Brrr, está meio frio — ela disse, enfiando o dedo do pé na água.

— Não, está quente, confie em mim — eu disse, observando enquanto ela entrava aos poucos. É como um band-aid, melhor arrancar de uma só vez, e não como Spencer estava fazendo, entrando lentamente. — Venha, não seja tão medrosa. Depois que entrar, melhora.

Soltei a mão dela e entrei totalmente para mostrar que estava bom. Depois de um suspiro, ela cedeu. Estávamos ambos submersos até o pescoço, flexionando os joelhos para que a água cobrisse até os ombros, fazendo o vapor subir, iluminado ao nosso redor.

— Viu? Não está tão ruim — eu disse, indo em direção a ela.

— Verdade, você tem razão.

Puxei Spencer para o meio da piscina. Era mais fácil para eu ficar de pé e ainda estar quase todo dentro da água, sem ter que ficar flexionando os joelhos. Spencer envolveu as pernas na minha cintura e eu passei os braços em volta de suas costas, segurando-a no meu colo.

— Acha que conseguiremos ver uma estrela cadente? — Spencer perguntou, olhando para o céu escuro que tinha um monte de pontos de luz.

— Possivelmente — respondi, inclinando a cabeça para olhar para cima também. — O que você desejaria?

Ela voltou o olhar para o meu.

— Já tenho *tudo o que eu desejo*, não preciso fazer um pedido.

Senti um aperto no peito e quase perguntei ali mesmo se ela queria ser minha esposa, mas não tinha o anel e não queria fazer o pedido quando meu pau estava me pedindo para avançar um pouco e roçar nela.

Encarei-a por um momento, a pergunta na ponta da língua, mas, em vez disso, inclinei-me para a frente e a beijei. Lembrei-me de como Christy dizia que me amava depois de apenas uma semana de namoro. Pensei que ela era louca... bem, todos sabemos que ela era louca, mas não sabia que podíamos nos apaixonar tão rápido. Amei Spencer desde o momento em que a vi. Bastou aparecer alguém especial para me fazer entender o que era amor de verdade, e Spencer era o meu alguém especial.

Nos beijamos na piscina sob as estrelas e eu não queria nada mais do que me enterrar nela ali mesmo. Sabia que Spencer tomava anticoncepcional, mas simplesmente não conseguia transar sem camisinha. Christy fodeu comigo. Eu tinha a mulher dos meus sonhos, a qual eu queria tornar minha esposa e mãe dos meus filhos, então por que eu simplesmente não conseguia enfia o pau nela sem preservativo? Não tinha uma boa razão que não fosse medo.

No entanto, podíamos brincar, esquentar ainda mais a piscina aquecida, porém, desejava que ela gritasse meu nome, mas isso teria que ser feito do lado de dentro para que meus pais não ouvissem.

— Meu amor — eu disse, sem interromper nosso beijo e mordendo seu lábio inferior.

— Huh?

— Você sabe que estou me segurado o dia todo... Não me provoque.

— Quem disse que estou te provocando?

— Não podemos transar na piscina.

Ela parou.

— Eu sei, mas posso brincar com o seu pau.

— Não sei quanto tempo serei capaz de aguentar se você fizer isso.

— Bem, veremos — ela disse, sorrindo para mim.

Eu estava travando uma batalha interna. Com ou sem camisinha? Depois de alguns segundos, tomei a decisão, inclinei-me e comecei a beijar seu pescoço.

Sem preservativo. Somente um pequeno mergulho na boceta quente da Spencer, sem gozar.

Tomando isso como sinal verde para entrar na minha calça, Spencer tirou a mão do meu pescoço, meus braços ainda em volta de suas costas.

Enquanto eu a segurava, ela alcançou meu calção para desamarrá-lo. Eu só assisti, a luz incandescente da piscina iluminando apenas o suficiente para que eu pudesse vê-la afrouxar a parte de cima, enfiar a mão dentro e envolvê-la no meu pau. Eu estava perdido no prazer de seu toque quando a senti parar.

— O que foi? — perguntei.

— Acho que vi alguma coisa — ela sussurrou.

— Onde?

— Do outro...

Só então, Blake surgiu da escuridão perto da garagem com uma garota a tiracolo. Não era Angelica. Assim que a vi, soube que era Stacey, a namorada que ele vivia terminado e voltando. Eu nunca faria o que o meu irmão faz. Mais cedo e ontem à noite, ele estava com Angelica, agora com Stacey. Levei um bom tempo para chamar Spencer para sair quando eu nem estava mais dormindo com Christy.

— Não se incomode com a gente, mano — Blake disse quando passaram pela piscina, indo em direção à casa.

Parecia que Blake e Stacey não esperavam que estivéssemos na piscina. Eu ia dizer "oi" a ela, embora eu realmente nunca a tenha encontrado, mas ela virou o rosto, parecendo envergonhada. Então ficamos apenas vendo enquanto eles entraram na casa, sem dizer uma palavra.

Mal sabiam eles que a mão de Spencer estava segurando meu pau e que eu é quem tinha que estar envergonhado, prendendo a respiração até eles entrarem.

— Outra garota, já? — Spencer perguntou.

— Este é o meu irmão. Ele tem sempre uma garota na fila, só esperando um telefonema dele.

— Então, ele nunca fica sozinho?

— Não que eu saiba. Sempre o vi com uma garota e nunca a mesma, exceto na escola. Ele namorou a mesma, do segundo ano até se formar.

— O que aconteceu?

— Você realmente quer falar sobre o meu irmão com a mão no meu pau? — perguntei, rindo.

— Oh, não, claro que não. — Ela começou a rir também.

— Acho bom mesmo — eu disse, beijando-a novamente.

Spencer começou a me masturbar, a água permitindo que sua mão deslizasse facilmente para cima e para baixo. Eu já não conseguia só ficar segurando Spencer. Enfiei a mão dentro da parte de trás do biquíni dela, percorrendo suavemente a curvatura da bunda. Spencer se retesou novamente, me fazendo olhar em volta, mas não vi ninguém.

— O que foi? — perguntei.

— Na minha bunda não.

— Amor, eu não faria isso. — Ri alto.

— Ah, então continue. Use e abuse — ela disse, rindo.

Fiquei surpreso de ela pensar que eu enfiaria o dedo no ânus dela. Nós não tínhamos feito anal ainda, e só de ela contrair a bunda colocou um sorriso no meu rosto.

Sua mão voltou a me bombear. Eu estava quase gozando. Sua mão macia misturada com água morna e um dia de frustração reprimida estava começando a chegar a um ponto crucial — na cabeça do meu pau.

Enfiei a mão mais para dentro de seu biquíni, percorrendo o dedo por sua boceta. Eu queria mergulhar meu pau dentro dela, mas, quanto mais ela me masturbava e nossas línguas duelavam, mais certeza eu tinha de que não conseguiria parar e sair de dentro dela quando eu começasse.

Além de ainda não estar pronto para isso, não queria ter que limpar a piscina no meio da noite para que meus pais não vissem minha porra flutuando... Pelo que eu sabia, ela não dilui na água. Independentemente disso, não conseguia imaginar meus pais nadando em uma piscina com meus camaradas flutuando.

— Amor, precisamos entrar agora antes que eu goze na piscina e tenha que explicar aos meus pais amanhã porque precisei esvaziá-la.

— Tá bom — ela ofegou.

Caminhei até as escadas com ela ainda em volta da minha cintura. Quando começou a retirar as pernas para subir as escadas, eu disse que não e a levei até a casa de hóspedes com ela agarrada a mim.

— Meu amor, me desculpe, dessa vez será rápido — eu disse, deslizando minha fiel camisinha depois de tirar o calção. — Fique de quatro.

A visão de Spencer de quatro quase me fez gozar naquele instante, ali mesmo. Eu não estava em condições de entrar nela devagar como normalmente fazia, então, com um impulso, meu pau a preencheu. Acelerei o ritmo, as mãos de Spencer apertando sem soltar o edredom azul. Alcancei e acariciei seu seio enquanto minha outra mão deslizou entre suas dobras e trabalhou arduamente, minhas bolas batendo contra ela.

Ela gemeu, contraindo em volta do meu pau, e gritou meu nome quando nós dois gozamos juntos. Ficamos ali deitados e

Desejando Spencer 91

ofegantes por alguns minutos antes de nos levantarmos. Em seguida, a levei para o chuveiro antes de nos jogarmos na cama.

Dez

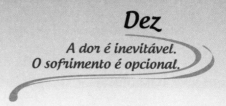

*A dor é inevitável.
O sofrimento é opcional.*

Blake chegou a tempo do café da manhã, surpreendendo a mim e aos meus pais. Provavelmente por mérito da Stacey. Depois do almoço, Stacey foi até sua casa pegar o biquíni e ia voltar para passar o dia curtindo o clima quente do Texas à beira da piscina com minha mãe e Spencer, enquanto nós, homens, íamos ao mercado. O tempo não estava muito quente, mas estava mais aquecido do que o nevoeiro que Spencer e eu estávamos acostumados em São Francisco.

— Então, você e Stacey de novo? — perguntei a Blake enquanto estávamos no carro, com meu pai dirigindo, indo até o mercado comprar os ingredientes para o nosso tradicional chili de ceia de Natal.

— Não. Nos encontramos ontem à noite e ficamos conversando, aí ela foi lá pra casa.

— E passou a noite — lembrei-o.

— E ficou para o café da manhã e agora ficará para a ceia de Natal — meu pai disse.

— Calem a boca — Blake resmungou.

— Você precisa parar de brincar com o coração daquela pobre menina — meu pai disse.

— Concentre-se na estrada, velho! — Blake falou.

Nós caímos no riso.

— Ele está certo, mano. Eu nunca trataria Spencer do jeito que você trata Stacey.

— Eu não quero falar sobre isso — disse ele, cruzando os braços sobre o peito.

— Bem, falando na Spencer — eu disse. — Vou pedi-la em casamento.

— Quê? — Blake gritou ao mesmo tempo que meu pai disse: — Vai? — Com um enorme sorriso em seu rosto.

— Ela é a mulher da minha vida. Não me importo que só estamos namorando há quatro meses. Quando Christy invadiu minha casa com uma faca e quase matou Spencer, imaginei minha vida sem ela. Eu não quero isso. Quero dormir e acordar com ela todos os dias da minha vida. Eu quero o que você e mamãe têm — disse, olhando para o meu pai.

— Sua mãe e eu já amamos Spencer como uma filha. Quando você vai fazer o pedido? — ele perguntou.

— Não sei ainda. Provavelmente depois de encontrarmos uma casa pra gente e as coisas se estabelecerem em Seattle.

— Posso ser o padrinho? — Blake perguntou, tentando manter a cara séria.

Virei-me para onde ele estava sentado no banco de trás.

— Não — respondi, balançando a cabeça e lhe dando um olhar de "Que porra é essa?".

Não havia a menor chance de eu deixar Blake ser meu padrinho. Não me importava se ele era meu irmão. Não confiava nele. Se eu tivesse sorte, ele nem apareceria no casamento!

— Eu sou seu irmão!

— Você pode ser um dos padrinhos. Jason vai ser o principal.

— Isso se ela aceitar. — Ele riu.

— Ela vai aceitar, idiota — eu disse.

— Meninos — meu pai disse em advertência.

Quando voltamos do mercado, meu pai passou no *Club 24* de Houston para eu dar uma olhada. Ele e Blake o olhavam para mim, mas, já que eu estava na cidade, fui lá pessoalmente verificar as coisas. Houston era uma cidade tão grande que me questionei por que só tínhamos uma academia. Poderíamos facilmente abrir mais três ou quatro.

Se Blake fosse mais responsável, eu o faria meu gerente regional em Houston e o deixaria administrá-las... mas isso estava fora de questão, pelo menos por agora.

Tudo estava indo muito bem. Fiz todas as verificações com o meu gerente, Dave, andei pela propriedade e me apresentei aos novos funcionários.

Durante o jantar, meu pai teve a brilhante ideia de jogarmos pôquer depois de comermos. Texas Hold'em, para ser exato. Não sei por que todo mundo ainda jogava comigo; eu sempre ganhava.

— Vou acabar com você, dessa vez — Blake me disse.

— Vai sonhando. — Gargalhei.

Todos decidimos o estilo do torneio e a aposta inicial foi de vinte dólares em fichas. Durante a primeira hora, todos apostaram. Deixei cada garota ganhar algumas vezes, fazendo-as pensar que tinham chance. Eu realmente não tinha culpa de ser tão bom. Hold'em era o meu forte.

As mulheres tomaram margaritas e os homens, cerveja. Após algumas rodadas, meu pai tirou Stacey. Eliminei minha mãe. Spencer tirou o Blake, chocando a todos nós. Eu sabia que ela sabia jogar, mas Blake e eu costumávamos jogar sempre; em parte, essa é uma das razões pelas quais eu era muito bom.

Quando Spencer eliminou meu pai, comecei a ficar um pouco desconfiado. Como ela conseguiu acabar com Blake e meu pai? Quando alguém me desafiava, mesmo um excelente jogador como meu pai, ainda assim eu vencia sempre.

— Bem, meu amor, parece que você melhorou bastante desde a última vez que jogamos — eu disse, observando-a recolher as moedas que ganhou do meu pai ao tirá-lo do jogo.

— Que tal, se eu ganhar, você me dar uma massagem corporal completa de duas horas quando eu te pedir?

Sério mesmo? Ela queria apostar comigo, o Black Bart?

— E se eu ganhar? — perguntei, levantando uma sobrancelha.

— Aí já não sei... O que você quer?

O que eu queria? Queria que Spencer casasse comigo, mas não que fosse por uma aposta. Foi como o desejo que senti de pedi-la em casamento na noite anterior. Eu já tinha tudo que precisava. Só precisava dela. Só desejava ela.

Quando todo mundo saiu da mesa para pegar bebidas, pipoca e outras guloseimas para assistir ao nosso confronto final, sussurrei o que eu queria.

— Bem, se eu ganhar, você tem que ir à festa de Réveillon sem calcinha.

— Você quer que eu ande por Seattle sem calcinha? — Ela riu entredentes.

— Não se lembra como foi divertido da última vez que te fiz sair sem calcinha? — Estava me referindo ao dia em que roubei sua calcinha depois do nosso "tour" pelo seu escritório durante a festa de Natal da empresa dela. Adorei fazê-la se contorcer em público.

— Combinado. Mas você não vai vencer dessa vez — ela disse e mostrou a língua para mim.

— Veremos — eu disse com uma piscadinha.

— Tudo bem, crianças, vamos ver quem é o melhor jogador de pôquer nessa relação — Blake provocou ao se sentar, pegando as cartas para embaralhar e distribuir a primeira mão.

Olhei para nossas fichas; eu tinha quase o dobro das dela. Não acho que levaria muito tempo para vencê-la. Eu realmente queria que Spencer fosse para a festa de Réveillon sem calcinha. Sabia que iríamos dançar e, tirando pela nossa última dança, não queria que a calcinha fosse uma barreira, especialmente porque agora eu poderia tocá-la com muito mais do que a coxa.

Ficamos páreo duro por várias rodadas antes de eu perceber que Spencer tinha mais fichas do que eu. Ainda não estava nem um pouco preocupado. Cansei de chegar ao meu último dólar nos cassinos e dar a volta por cima.

Blake distribuiu a mão seguinte. Dei uma olhada nas minhas cartas: rei de copas e valete de paus. Não era uma mão inicial ruim e, como estávamos jogando apenas por diversão, fiz uma aposta simples e sorri para Spencer, sabendo que eu estava com uma mão melhor.

Blake virou o *flop*: dama de ouros, dez de copas e oito de espadas. Spencer me olhou, tentando me ler, mas eu ainda estava sorrindo. Tinha um possível *straight*, só precisava do nove.

Spencer apostou dez dólares. Pensei que ela fosse se controlar ou fazer uma aposta baixa para que eu não percebesse que ela tinha uma mão forte.

— Dez dólares, quando a aposta inicial foi de apenas dois? — perguntei, inclinando a cabeça.

— O quê? Muito arriscado para você, Sr. Montgomery?

— Não, mas você não costuma apostar muito, Srta. Marshall. Deve ter algo realmente bom aí na mão.

Ela deu de ombros.

— Só existe um jeito de descobrir.

— Eu pago — disse, olhando diretamente em seus olhos.

Blake, então, virou a quarta carta comunitária, um nove de ouros, o que me deu o *straight* que eu precisava. Não sabia ao certo o que Spencer tinha — provavelmente um par —, mas ela apostou mais dez dólares.

— Cubro seus dez e aumento mais dez — eu disse.

Ela realmente queria competir de igual para igual comigo? Ela tinha que saber que havia uma chance de eu ter um straight.

Sem muita hesitação, ela cobriu minha aposta.

É, talvez ela tivesse mais do que um par. Provavelmente um straight também, mas o meu era até rei. Bem, mesmo se ela também tivesse um straight, não poderia ser maior do que eu.

Todos estavam reunidos em volta, nos observando. Spencer mostrou suas cartas para minha mãe, e eu mostrei as minhas ao meu pai. Eles trocaram olhares.

Quem tinha a melhor mão?

Blake finalmente virou a quinta e última carta, que era uma dama de paus, e não fazia a menor diferença para mim. Sem qualquer hesitação, Spencer apostou tudo.

Olhei as cartas à minha frente. Se ela tivesse um *straight*, a dama não acrescentaria em nada. Talvez estivesse blefando, achando que eu não pagaria, mas... quais eram as chances de ela ter um *full house* e me vencer?

Cobri e apostei tudo também. O que de pior poderia acontecer? Pensando bem, eu tocaria em seu corpo todo por duas horas. E aproveitaria cada segundo. Mas, se eu ganhasse, poderia brincar com ela — sem calcinha — a noite toda, durante a festa de Réveillon.

— Certo, agora mostre suas cartas, mano — Blake disse.

Virei meu *straight* de reis.

— Não se preocupe, amor, vou te manter aquecida — eu disse, caindo na gargalhada com meu pai.

— Sabe, você não devia ser tão convencido ou presunçoso demais. Conhece o ditado sobre ser presunçoso? — Spencer zombou, então fez um *toca aqui* com a minha mãe. — *Full house* de dama, meu amor — ela disse ao virar suas cartas.

Stacey começou a dar pulinhos e bater palmas e minha mãe deu um tapinha nas costas de Spencer.

— Finalmente você derrotou o Black Bart da família!

— Black Bart? — Spencer perguntou.

Eu nunca contei a ela o meu apelido.

— Não sou ladrão, mãe. Sempre ganho honestamente — eu disse, protestando.

— Bart Roberts, também é conhecido como Black Bart, foi um pirata do final do século XVII que sempre roubava dinheiro do povo — minha mãe explicou.

— Um pirata negro? — perguntou Spencer, erguendo as sobrancelhas.

— Não, querida, ele não era negro. Era só apelido — minha mãe respondeu, rindo.

— Bem, Spencer, aqui está o dinheiro que você ganhou. Esta noite com certeza vai entrar para a história da família Montgomery — meu pai disse, entregando a Spencer os cento e vinte dólares.

— Uau, amor, você finalmente me derrotou — eu disse enquanto arrumávamos as fichas de pôquer.

— Você parece surpreso.

— É uma coisa muito rara eu ser derrotado, como disse minha mãe. De qualquer forma, estou ansioso pra te dar a sua massagem — eu disse, indo até ela e abraçando-a.

— Também estou — disse ela, me abraçando de volta.

Se qualquer outra pessoa tivesse me vencido, que não fosse Spencer, eu teria ficado puto, mas ver a alegria em seus olhos me fez amá-la muito mais. Embora, me vencer não fosse acontecer novamente.

102   Kimberly Knight

Onze

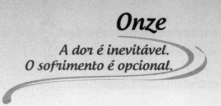
A dor é inevitável.
O sofrimento é opcional.

Não gostei de deixar Spencer e viajar na manhã seguinte após voltamos de Houston, mas precisávamos que tudo estivesse pronto para o novo ano. Nossa esperança era de que as pessoas cumprissem suas promessas de Ano Novo e seguissem um programa de exercícios ao se associarem à nossa academia vinte e quatro horas, de forma que conseguiríamos um monte de novos associados.

Era inacreditável que Jason e eu já fôssemos, oficialmente, donos de cinco academias. Quando decidimos abrir a primeira em Austin, nunca imaginei que expandiríamos tanto em menos de dez anos. Também nunca imaginei que viveríamos na Califórnia, mas as coisas acontecem por uma razão, e agora o meu coração estava em São Francisco, de onde eu jamais iria embora.

Depois de Jason e eu passarmos algumas horas instruindo Ben e sua equipe sobre o que queríamos que fosse feito na reforma, fizemos check-in no hotel, e então fomos jantar. Permaneceríamos em Seattle à espera das meninas, Ryan e Max, que chegariam para a festa de Réveillon. No dia seguinte, primeiro de janeiro, seria a inauguração da academia. Então decidimos comemorar todos juntos o Ano Novo em Seattle.

— Vou pedir Spencer em casamento — soltei depois de tomar alguns goles de cerveja.

— Vai?

— Vou.

— Quando? — Jason perguntou antes de dar uma mordida em seu hambúrguer.

— Ainda não sei ao certo, mas será logo.

— Tem certeza? Vocês estão juntos há poucos meses.

— Você está começando a parecer com a sua esposa.

— Bem, nós te conhecemos há muito tempo e você nunca se arrisca assim tão rápido, se é que se arrisca.

— Então você deveria saber que estou falando sério.

— É verdade, você tem razão. Bem, já comprou o anel de noivado?

— Ainda não.

— Eu sou meio expert nesse departamento. — Jason riu.

— Por quê? Só porque já comprou um antes?

— Exatamente.

— Esse é o seu jeito feminino de me perguntar se pode me ajudar a comprar um? — perguntei, limpando a boca com o guardanapo.

— Basicamente. — Ele deu de ombros.

— Eu adoraria sua ajuda. Você também será meu padrinho? — perguntei, tentando parecer uma mulherzinha.

— Venho sonhando com o dia em que você me pediria!

— Não enche — eu disse, jogando uma batata frita nele.

Depois do nosso ataque de riso, percebi que tinha recebido uma mensagem de texto da minha garota.

Spencer: *Oi, amor! A academia já está pronta para a inauguração?*

Eu: Oi, amor! A Academia está quase pronta. Queria que já fosse sábado, estou morrendo de saudade! ☹

Spencer: *Eu sei. Não sei como vou aguentar as próximas duas noites sem você.*

Eu: O que você está fazendo?

— Deus, você está parecendo uma boceta dominada — Jason disse.

— Vai se foder. Você só está com inveja porque não está tendo muito sexo ultimamente.

— Bem, eu não diria isso. Só não está com muita frequência agora porque não estamos tentando ter um filho.

Enquanto Jason falava, Spencer mandou outra mensagem.

Spencer: *Ryan e Becca estão aqui. Acabamos de jantar e agora estamos dançando e bebendo.*

— Para a sua sorte, isso deve mudar daqui a alguns dias — eu disse, digitando uma resposta para Spencer.

Eu: Hum! Será que terei sorte de receber mensagens quando você estiver bêbada de novo?

— Deus te ouça. — Ele suspirou.

Spencer: *Quem sabe? Estamos quase na segunda garrafa de vodka.*

Eu: Vocês não vão sair hoje, né?

— Vou mijar enquanto você manda mensagens — disse ele, levantando e virando as costas.

Spencer: *Não, elas vão passar a noite aqui. Já estamos até de pijama.*

Eu: Vão fazer guerra de travesseiros também?

Depois que mandei a mensagem, estampei um sorriso no rosto, já esperando pela resposta, pensando na guerra de travesseiro com elas de sutiã e calcinha.

Spencer: *Talvez! Quem sabe a gente até não a faça nuas? :p*

Eu: Quero fotos. ;)

Spencer: *Ha! Vou pensar no seu caso. É melhor eu voltar para a festa. Te amo!*

Eu: Também te amo. Me ligue amanhã quando acordar.

Spencer: *Ok.*

— Pronto para ir, Romeo? — Jason perguntou quando voltou do banheiro.

Caralho, eu estava fodido. Meu pau estava duro e, para completar, estava pensando na maldita guerra de travesseiros!

Esperei por fotos de Spencer no celular enquanto assistia *Sports Center*. Não vieram. Eu estava começando a cair no sono quando ela me mandou uma mensagem com algo melhor: era uma foto da boceta dela. Despertei num instante.

Eu: Uau, amor, envia mais! ☺

Spencer: *Mais tarde.* ;)

Mais tarde? Ela estava me matando. Eu sabia que as garotas estavam se divertindo e bêbadas, mas, caralho! Masturbei-me olhando a foto e, em seguida, adormeci até acordar, uma hora mais tarde, com o som do celular notificando-me de uma nova mensagem da Spencer, com outra foto. Desta vez, era uma foto dela deitada na nossa cama, com os seios à mostra.

Eu tinha que parar com essas mensagens. Precisava ouvir sua voz, ver seu lindo rosto e tinha esperança de vê-la se tocando através do *Facetime*.

— Oi — Spencer respondeu, seu rosto aparecendo na tela.

— Oi, linda. Amei suas novas fotos — eu disse, sorrindo.

— Ah, gostou, né?

— Adorei. Onde estão as garotas?

— Dormindo — ela respondeu com um sorriso malicioso.

— Ah, é mesmo? O que fez você me enviar aquela primeira foto?

— Estávamos jogando verdade ou desafio e elas me desafiaram a fazer isso.

— Bem, terei que agradecê-las, no sábado. Então, por que

recebi uma foto bônus agora?

— Não sei... pensei que você pudesse gostar.

— E como adorei!

— Sério?

— Claro. Quero ver mais.

— O que você quer ver? — ela perguntou, mordendo o lábio.

— Hmmm, deixe-me ver... — Pensei por um momento. — Primeiro, quero ver você acariciar os seios e brincar com os mamilos até ficarem bem duros.

— Tá bom — ela disse, passando a mão sobre o seio direito e, em seguida, dando uma leve beliscada no mamilo.

Porra, eu desejava que minha tela fosse maior.

— Agora, tire o lençol e deslize lentamente a mão pelo estômago, parando na boceta.

Ela lentamente empurrou a coberta do corpo e deslizou suavemente a mão para baixo, pela barriga plana, se aproximando de onde eu queria que ela tocasse, e inclinou a tela para eu ver melhor.

— Amor, você não faz ideia do quanto isso está me excitando nesse momento — eu disse. — Enfie um dedo dentro. — Coloquei a mão dentro da cueca e envolvi meu pau enquanto a assistia.

Ela apoiou o telefone em alguma coisa para que eu pudesse vê-la e deitou apoiada no cotovelo esquerdo, o dedo médio percorrendo a boceta e depois deslizando lentamente para dentro.

— Você também está se tocando? — ela perguntou.

— Porra, amor, como não estaria? Estou aqui morrendo de tanto tesão observando você se masturbar.

— Deixe-me ver.

Tirei totalmente a cueca e virei o telefone na direção do meu pênis, minha mão deslizando para cima e para baixo pela minha ereção. Ainda me masturbando, percebi que eu não conseguia ver Spencer se tocando com o meu celular virado.

— Não consigo segurar o celular para te ver enquanto você me vê, mas preciso te ver — eu disse.

— Tá bom — ela ofegou.

Virei o celular de volta, segurando-o na mão esquerda enquanto continuava me dando prazer. Ela inclinou a cabeça para trás, no travesseiro, o dedo entrando mais fundo. Líquido pré-ejaculatório lubrificou minha mão, causando um som escorregadio e tornando mais fácil a masturbação.

O dedo de Spencer continuou estocando a boceta e a mão livre acariciou um dos mamilos e o deixou duro, me fazendo salivar e querer chupá-lo.

— Brinque com o clitóris — ordenei.

Ela gemia enquanto o polegar desenhava círculos no clitóris, seus dedos torcendo o mamilo enrugado.

— Deixe-me te ver de novo — eu disse, aumentando a velocidade da minha mão.

— Minha nossa, como eu queria você dentro de mim agora
— ela gemeu.

Ela deslizou um segundo dedo dentro, ainda pressionando o clitóris, enquanto eu apertava com mais força meu pau.

— Amor, já estou excitado desde que você enviou a primeira foto, não sei se consigo me segurar por muito mais tempo — disse entredentes.

— Eu também não vou demorar pra gozar.

Seus dedos continuaram trabalhando sua magia, e, antes que eu percebesse, ouvi-a gemer "Vou gozar!". Então, levantou as costas da cama e fez contato visual comigo. O som dela gozando me fez atingir meu limite.

Virei o celular para que ela pudesse me ver gozando. Meu esperma esguichou na barriga e escorreu pela mão enquanto eu ordenhava até a última gota.

Doze

*A dor é inevitável.
O sofrimento é opcional.*

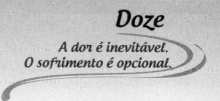

Acordei esticando o braço para abraçar Spencer, mas me dei conta de que ainda faltava mais um dia até ela chegar em Seattle. Meu pau acordou só de lembrar dela se tocando pelo *Facetime*. Desejei ter gravado. Relembrei a cena enquanto tocava punheta. Depois de despertar, liguei para Jason e disse o que eu queria fazer naquele dia.

— Por que está me ligando tão cedo? — ele perguntou assim que atendeu.

— Não é tão cedo. Vista-se. Vamos tomar café da manhã e depois comprar o anel de noivado.

※

Pegamos um táxi até a joalheria mais próxima depois do café no restaurante do hotel. Eu não fazia a menor ideia de que tipo de anel comprar. Spencer e eu nunca discutimos do que ela gostava ou não. Só sabia que, assim que o visse, eu saberia qual era.

— Gostei daquele — disse Jason, inclinado diante da vitrine e olhando atenciosamente de cima para baixo.

Antes que eu pudesse responder, um vendedor se aproximou.

— Senhores, posso ajudar?

— Precisamos comprar um anel de noivado — eu disse, declarando o óbvio. Afinal, estávamos em uma joalheria olhando para os anéis de noivado.

— Nós vamos nos casar! — Jason disse, passando o braço por cima do meu ombro.

O vendedor, Zack, balançou a cabeça enquanto olhava entre mim e Jason.

— Nós não — eu disse, gesticulando entre Jason e mim — vamos nos casar. Vou comprar um anel para pedir minha namorada em casamento — esclareci.

— Você não precisa mentir para o rapaz. Tenho certeza de que ele vê homens comprando anéis masculinos o tempo todo — Jason disse, ainda agindo como um idiota. — Na verdade, estou até planejando comprar logo o meu anel de compromisso.

Empurrei Jason para longe de mim.

— Sério, é para a minha namorada.

— Estraga-prazeres — Jason disse.

— Cale a boca e diga logo de qual você gostou.

Zack inclinou a cabeça com um olhar confuso no rosto. *Jason, seu filho da puta.*

— Como eu estava dizendo, gostei daquele — ele disse, apontando para um anel de diamante.

— É uma excelente escolha. É um diamante de um quilate em corte esmeralda e ouro vinte e quatro quilates — disse Zack enquanto abria a vitrine.

— Não — eu disse, balançando a cabeça. Dourado não é a cara da Spencer. — Ouro não.

— Prata? — Zack perguntou.

— Prata é bom?

— Platina é melhor — Jason respondeu antes de Zack.

— Você realmente está começando a ficar igualzinho à sua esposa — brinquei.

— Que tipo de anel de noivado você comprou para sua esposa? — Zack perguntou.

— Um solitário de dois quilates em corte esmeralda fixado em platina sólida.

— Corte esmeralda não é a cara da Spencer — eu disse, olhando para os diferentes cortes em um panfleto laminado que Zack me entregou. Jason olhou por cima do meu ombro enquanto eu olhava atentamente até bater os olhos em um chamado "princesa". — Corte princesa. Sem dúvida, será o corte princesa — eu disse, apontando para o Jason ver.

— Todos com corte princesa estão bem aqui — disse Zack. Caminhamos com ele até outro balcão de vidro. — Quanto você está pretendendo gastar?

— Eu não sei. — Dei de ombros.

— Qual é a sua previsão? — Zack perguntou.

— Eu não sei. — Dei de ombros novamente.

— Uma boa regra prática é comprar um anel que seja de três semanas a um mês do seu salário.

Desejando Spencer 113

— Certo — eu disse, examinando o balcão dos anéis com corte princesa.

Jason continuou apontando outros anéis e eu continuei dizendo não. Nenhum deles combinava com a Spencer. Até que *o* vi.

— Este aqui — eu disse.

— Design em halo. Excelente escolha — Zack disse.

Comprei o anel de noivado e a aliança de casamento sem pensar duas vezes quando Zack me disse o preço. Dinheiro não era problema quando o assunto era Spencer. Ela nunca me pediu nada, mas merecia o melhor.

— Aqui está, Sr. Montgomery. Spencer é uma mulher de sorte — Zack disse ao me entregar uma sacola com o anel de noivado com um diamante de dois quilates e meio fixado em platina vintage e halo com quarenta e nove pequenos diamantes redondos em volta, e a aliança de casamento correspondente, que também tinha quarenta e nove pequenos diamantes redondos em volta.

Eu estava ansioso para pedi-la em casamento, mas tinha que ser perfeito. Precisava de tempo para pensar em algo especial e sabia que precisaria da ajuda de Becca.

$$\rtimes$$

As meninas finalmente chegaram em Seattle. Como não queria que Spencer descobrisse sobre o anel, dei-o a Jason para guardar. Se ele o perdesse, eu arrancaria suas bolas.

Depois de sairmos com Jason e Becca para almoçar,

Spencer e eu tiramos um cochilo até que Ryan ligou avisando que ela e Max tinha chegado. Eu não queria sair da cama, mas todo mundo estava morrendo de fome.

Após fazermos nossos pedidos no restaurante que escolhemos para jantar, Jason me golpeou com a notícia que eu não estava preparado para ouvir.

— Spencer te contou que aquele cara, Trevor, estava do lado de fora da academia na quinta-feira, quando as meninas foram lá? — Jason me perguntou.

— Não, ela esqueceu — respondi franzindo o cenho e olhando para Spencer. Como ela pôde esquecer de me contar que o filho da puta que a perseguiu estava perseguindo-a novamente, e o pior, enquanto eu estava viajando, de novo?

— Desculpe, esqueci mesmo — ela disse, encolhendo os ombros.

— O que ele fez? — perguntei, tentando manter a calma. De fato, Spencer e eu não tínhamos conversado muito desde que ela chegou em Seattle. Passamos a tarde toda agarrados para sequer lembrarmos de conversar, e eu sabia que não foi de propósito que ela não tinha me contado, mas só de pensar nesse cara, Trevor, aparecendo na minha academia novamente enquanto eu estava fora da cidade estava começando a me deixar puto — puto de verdade.

— Nada. Estávamos indo para o meu carro depois de passar o dia no SPA e ele estava de pé encostado na parede, em frente de onde estacionei.

— Eu não o vi — Becca disse.

— Nem eu — falou Ryan.

Desejando Spencer 115

— Assim que ele percebeu que eu o vi, desapareceu. Provavelmente voltou para dentro da academia, mas não ficamos lá para descobrir.

— Então, agora ele sabe qual é o seu carro? — perguntei.

Visto que ele estava perseguindo Spencer, já sabia qual era o carro dela. Só esperava ser mais seguro do que o ônibus. Becca sabia que não devia deixar Spencer sozinha enquanto Jason e eu estávamos em Seattle. Conversamos sobre isso antes de Spencer e eu viajarmos para Houston. Isso estava me deixando muito além de puto. Ele sempre esperava eu viajar para dar as caras.

— Sabe — ela respondeu, gemendo.

— Amor, não estou tentando te controlar, mas prefiro que você não vá mais sozinha lá. Essa é a segunda vez que você o viu rondando a academia — eu disse, apertando levemente a perna dela debaixo da mesa, tentando confortá-la.

— Eu sei e também não quero. Ele está me assustando — ela disse e tomou um gole de seu Cosmo.

— Isso é muito estranho — disse Ryan. — Nós o conhecemos meses atrás em Vegas, não aqui.

— Espero que ele esteja lá na quarta-feira. Quero saber qual é a dele — eu disse.

— Somos dois — Jason disse.

— Spencer, quer que eu te consiga uma ordem de restrição? — Max perguntou.

— Alegando o quê? Ele não fez nada de fato. Só está sempre aparecendo — ela falou.

— Podemos pedir baseado no sempre. Nunca se sabe o que um juiz pode ordenar e em que base — Max disse.

— Nem sei o sobrenome dele.

— Bem, da próxima vez que o vir, chame a polícia. Então, conseguiremos uma ordem de restrição.

— É, da próxima vez — ela disse, suspirando pesadamente.

Não haveria uma próxima vez. Quando fôssemos embora de Seattle, Spencer nunca mais ia ficar fora da minha vista se eu pudesse evitar.

— Vou buscá-la no trabalho a partir de agora — eu disse, baixando minha cerveja depois de tomar um gole.

— Isso é ridículo. Não faço ideia de por que ele está me perseguindo. Não sou famosa nem nada. Mal falei com o cara. Tudo o que fizemos foi dançar em Vegas. Eu só... só não entendo — ela disse.

— Eu sei, também não faço ideia, mas estarei atento a qualquer cara que fique rondando por lá, do lado de fora, e vou te buscar no trabalho todos os dias — eu disse com determinação.

Eu já estava procurando por esse filho da puta, mas, agora que sabíamos que ele dirigia um *Honda* vermelho, iria procurá-lo pelo estacionamento de hora em hora.

— Ótimo, mal comecei a dirigir meu carro novo para ir trabalhar. — Ela fez beicinho.

— Spence, é melhor prevenir do que remediar — Ryan disse, acariciando a mão dela.

— Meu amor, vamos fazer isso por algumas semanas e ver

Desejando Spencer 117

o que acontece — eu disse.

— Por que não contratamos um segurança? — Becca perguntou, olhando de mim para Jason.

— Não é uma má ideia — Jason concordou.

Já era para Jason e eu termos contratado alguém, mas, com todos os preparativos da inauguração da academia de Seattle, não tivemos chance, e sempre fazíamos todas as contratações juntos.

— Também seria bom no caso de ele estar atrás das mulheres em geral — Becca falou.

— Vou começar a ver isso na quarta-feira quando voltarmos, mas ainda vou te buscar no trabalho até contratarmos um — eu disse a Spencer.

— Tá bom. — Ela suspirou.

Nós seis entramos no salão de festas do hotel no qual estávamos hospedados. Já devia ter pelo menos umas cem pessoas quando chegamos. Alguns estavam na fila do buffet, outros esperando em algum dos bares e vários já na pista de dança.

— Hora de ir dançar — disse Ryan, puxando o braço de Max, depois de terminar de comer.

— Ainda não estou bêbado o suficiente — Max disse, sem se mexer da cadeira.

— Spencer? — perguntou Ryan, virando-se para ela com as mãos nos quadris.

— Tá bom, vamos lá. Becca?

— Isso aí, vocês mulheres vão dançar e a gente fica observando — Jason disse.

— Exatamente, vamos — Becca disse depois de beber o resto de seu champanhe.

Spencer me deu um beijo casto nos lábios e se levantou para ir em direção à pista de dança. Fiquei assistindo-a, lembrando de quando a observei dançar em Vegas. Ela estava um espetáculo, e eu fui um sortudo por tê-la encontrado.

Nem me lembro de quantas músicas já tinham tocado quando Spencer gesticulou para eu me juntar a elas. Estava se aproximando da meia-noite, e os caras e eu decidimos que já estava na hora de dançar com as nossas garotas.

Assim como em Vegas, posicionei o quadril com o de Spencer. Ficamos olho no olho enquanto a música de Usher, *Yeah!*, tocava; nossos corpos balançando no ritmo da música e minhas mãos em volta de sua cintura. Instantaneamente, as dela circularam meu pescoço, passando-as pelo cabelo.

Inclinei-me, cantando a parte da música que eu conhecia em seu ouvido:

— Eu não vou parar até te ver como você veio ao mundo.

Ela jogou a cabeça para trás, rindo, e eu também ri, então a beijei nos lábios. Nossos corpos ainda se moviam com a música e um monte de gente dançava à nossa volta, mas, naquele momento, senti meu coração em êxtase. Se alguém tivesse me dito há um ano que eu estaria prestes a pedir o amor da minha vida em casamento, teria respondido que essa pessoa estava completamente louca. Mas, quando olhei nos olhos de Spencer,

Desejando Spencer 119

soube que ela era a garota que eu sempre desejei.

Yeah! terminou e o DJ começou a tocar *Down on Me*, de Jeremih e 50 Cent. O olhar de Spencer ergueu até o meu e eu abri um sorriso. Essa era a nossa música. A que me deu a coragem para dançar com ela da primeira vez. A música que toquei punheta várias e várias vezes pensando na minha morena gostosa.

— Essa é a minha música favorita — eu disse em seu ouvido.

— Minha também. — Ela sorriu.

Sorri e a beijei. Sempre teremos essa música.

Logo que a batida de Jeremih começou, eu a virei de costas para mim, assim como na primeira vez que dançamos essa música. Instantaneamente, meu pau ganhou vida ao sentir sua bunda esfregando nele. Afastei o cabelo dela para o lado e beijei seu ombro, exatamente como em Vegas. Desta vez, eu não teria que correr para o quarto para me masturbar. Eu a levaria comigo e transaria com ela, como queria ter feito em Las Vegas.

— Desta vez, vou te levar comigo pra você cuidar da minha ereção.

Spencer continuou rebolando e esfregando a bunda em mim. Eu queria que ela esfregasse mais forte. Era louco pela bunda dela e a forma como se encaixava perfeitamente em mim, então envolvi um braço em volta dela e a puxei mais para mim.

Depois de algumas batidas, ela se virou em meus braços, nossos corpos pressionados firmemente juntos, ainda balançando no ritmo da música. Ela pegou minha mão, deslizando-a entre nós, e a colocou entre suas pernas, a outra envolveu o meu pescoço. Olhando em meus olhos, fez que sim com a cabeça. Abri um enorme sorriso e dei um pequeno passo para trás, começando a puxar para cima a frente de seu vestido curto. Eu sabia que poderia fazê-la gozar com apenas minha perna, mas agora eu queria sentir o quão molhada esse tipo de dança a deixava.

Lentamente escorreguei a mão entre nossos corpos e por debaixo de seu vestido. Esperava sentir o algodão da calcinha dela, mas meus dedos encontraram a carne intumescida. Normalmente, eu brincaria com seus pelos pubianos, mas, desta vez, estava macia e sem eles.

— Você não está usando calcinha? — perguntei em seu ouvido. Ela balançou a cabeça confirmando. — Acho que você está querendo me matar antes do Ano Novo.

Nosso olhar se prendeu quando deslizei um dedo para dentro e o polegar começou a circular o clitóris. Eu não me importava se as pessoas estavam vendo, não havia como voltar atrás. Amei a sensação da boceta totalmente depilada e eu estava determinado a fazê-la gozar novamente enquanto dançava.

Inclinei-me e a beijei. Adicionei outro dedo, começando a enfiar e a tirar. Ela estendeu a mão e esfregou meu pau duro por cima da calça, fazendo-me gemer em sua boca ao sentir a sensação de seu toque. Meus dedos a bombeavam, o polegar a circulava, então apertei sua bunda com a mão livre e a senti explodir em meus dedos, seu corpo desabando em meus braços.

— Vamos embora agora! — eu disse quando ela voltou a si e conseguiu se equilibrar sozinha.

Ela assentiu, mas então o DJ anunciou que a contagem regressiva para o Ano Novo seria em cinco minutos.

— Ah, mas temos que ficar agora — ela disse.

— Merda! Tá bom, mas, depois da contagem regressiva,

vamos embora para o nosso quarto.

— Combinado — ela disse, inclinando-se para me beijar.

— Você deveria esperar até meia-noite. — Ouvi Ryan falar.

— O quê? — Spencer gritou por cima da música para ela ouvir.

— Para beijar, ainda faltam uns quatro minutos.

— Ah.

Eu me perguntei se Ryan tinha visto o nosso show. Ela sabia sobre Las Vegas, e, se sabia, provavelmente nunca tocaria *Down on Me* com a gente por perto.

Um garçom apareceu com uma bandeja de champanhe. Todos nós pegamos uma taça e ficamos de pé, amontoados, esperando a bola cair. Envolvi Spencer nos braços e ela se recostou em meu peito, descansando a cabeça enquanto balançávamos lentamente ao ritmo da última música do ano, *Good Life*, do One Republic.

Um telão gigantesco na cabine do DJ exibia a Times Square enquanto a bola começava a descer. Permanecemos ali, de pé, observando a bola e ouvindo Ryan Seacrest explicando que a primeira bola tinha caído há cento e oito anos. Todo mundo começou a contagem regressiva quando o cronômetro chegou a dez segundos para a meia-noite.

— Dez... nove... oito... sete... seis... cinco... quatro... três... dois... um... Feliz Ano Novo!

Auld Lang Syne tocou enquanto nos beijávamos e fazíamos "tim-tim" com as taças, brindando ao Ano Novo. Tomei um gole do champanhe, sentido o cheiro dos sucos de Spencer na mão quando ergui a taça perto do nariz. Eu esperava que não tivesse ninguém no elevador, porque eu estava prestes a fazer Spencer gozar com os dedos novamente.

124   Kimberly Knight

Treze

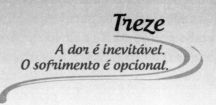

*A dor é inevitável.
O sofrimento é opcional.*

Os meses seguintes foram um turbilhão. Aceitei uma oferta no meu apartamento, e, em seguida, Spencer e eu saímos à procura da casa, encontramos uma que adoramos e compramos. Agora que já tínhamos uma casa, Spencer queria um cachorro e eu estava ansioso para aumentar a nossa família. Não sabia ainda de que forma ia pedir Spencer em casamento. Nada parecia adequado.

Ela pensou que eu ia pedi-la em casamento no dia dos namorados. O olhar no rosto dela quando viu a caixa de veludo preto colocou um enorme sorriso no meu rosto. Eu sabia que ela queria casar comigo, mas não poderia fazer o pedido no dia mais clichê do ano.

Pensei em fazê-lo quando recebemos as chaves da nossa casa nova, mas, em vez disso, meu pau falou mais alto e a fodi no balcão da nossa cozinha, então, àquela altura, não consegui fazer o pedido também.

Spencer estava passando muito tempo com Ryan, ajudando no planejamento do casamento dela. Eu sabia que, se a afastasse do centro das atenções de Ryan, ela arrancaria minhas bolas, mesmo que tivesse sido apenas para pedir sua melhor amiga em casamento. Com o tempo, aprendi que para Ryan as coisas tinham que ser do jeito dela ou nada feito, então achei melhor esperar passar seu casamento para pedir Spencer em casamento. Eu só não sabia como ou quando.

O dia da festa de despedida de solteiro de Max e Ryan começou com os rapazes e eu praticando *mountain bike*. Eu adorava esportes ao ar livre. Spencer planejou uma festa de pijama em um hotel para Ryan e as amigas — que eu esperava que tivesse guerra de travesseiros com elas nuas e fosse filmado — enquanto os homens levaram Max para sair.

Nós não precisávamos de todas as decorações que Spencer teve que comprar. Não precisávamos de serviço de buffet. Nem de bolo em forma de seios — bem, talvez eu conseguisse viver com isso. Só precisávamos de hambúrgueres, cerveja, basebol e pôquer.

Começamos a noite grelhando hambúrgueres, tomando algumas cervejas e assistindo o *Giants* arrebentar. Em vez de pôquer, decidimos ir a um clube chamado *The Gold Club*. Eu tinha dito a Spencer que não íamos a um clube de strip, embora achasse que ela não se importaria. Eu não ia fazer *lap dance* ou nada parecido; só estava acompanhando os rapazes e fazendo o que homens fazem numa despedida de solteiro.

Quem iria querer ficar sentado em casa, agindo como se fosse apenas um sábado normal? Era a última noite de liberdade de Max e as meninas não precisavam saber para onde tínhamos ido.

— Ah — Jason disse, passando a mão pelo pescoço. — Eu meio que contratei uma stripper para vir aqui.

— Tá falando sério? — perguntei.

— Estou...

— Bem, cancele. Isso não é uma boa ideia.

Jason tirou o celular do bolso do jeans e fez uma ligação. Deixei que ele cuidasse da situação. Eu devia ter antecipado isso; ele sempre agarrava qualquer oportunidade para ver peitos que não fossem os da esposa. Ele nunca a traiu — meteria a porrada nele se o fizesse —, mas entendia. Era simplesmente para ver algo diferente, sair da rotina.

Fomos no meu carro e no de Joe até o clube, e, finalmente, depois de encaramos uma fila, nós seis conseguimos entrar. Devíamos ter feito reservas, mas, como foi uma decisão de última hora, não conseguimos.

— Você está pronto para alguns peitos e bundas? — Joe, o padrinho de casamento de Max, perguntou.

— Claro!

Sentamos perto do palco em uma cabine, e duas cadeiras foram colocadas em volta da pequena mesa redonda. Como as dançarinas sabiam que se travava de uma despedida de solteiro, estavam em cima da gente como puta drogada procurando a próxima dose. Não me leve a mal, aquelas mulheres tinham classe em comparação com algumas que eu já vi, especialmente em Vegas, mas era como se elas conseguissem sentir o cheiro do nosso dinheiro.

Sentei-me em uma das cadeiras e Jason na outra, não querendo gastar parte do meu dinheiro em uma dança que eu sabia que a minha garota faria a qualquer momento se eu pedisse. Não precisava de uma dança que me deixaria com um tesão da porra e o pau dolorido pelas próximas horas até poder trepar com Spencer. Mas, claro, era bom assistir ao espetáculo.

— Quem é o sortudo? — perguntou uma loira.

Todos nós apontamos para o Max, que estava sentado no meio da cabine. Ela sentou no colo dele, os seios debaixo de seu queixo e uma mísera calcinha cobrindo a boceta que estava na coxa dele.

Mais duas meninas se aproximaram: uma sentou no colo do Joe e a outra no do amigo do Max, Eric. Parecia *self service*. Todos os homens estavam sentados com mulheres no colo. Tom, outro amigo do Max, sentou-se na borda, à espera de uma stripper; Jason e eu só assistimos das cadeiras onde estávamos.

Mais mulheres vieram e Jason e eu recusamos, mas Tom aceitou a oferta na hora. O *buffet* estava completo. Não vou mentir, meu pau estava ficando desconfortável na calça com tantos peitos e bundas rebolando diante de mim.

— Você quer uma? — Jason me perguntou.

— Tô fora. E você?

— Becca me castraria.

— É verdade — eu disse, rindo.

Becca e Spencer pensavam igual no sentido de que elas não se importam se olhássemos, só não podíamos tocar. Eu não queria tocar de qualquer jeito. Não sabia era como Ryan reagiria se soubesse que seu futuro marido estava enfiando notas de dólar no fio dental da loira enquanto ela fazia *lap dance* nele. Tínhamos um código de irmãos de não contar, e eu não contaria. Nem diria a Spencer que estivemos aqui, porque ela provavelmente contaria a Ryan, que poderia reagir de forma exagerada e fazer um escândalo.

— Preciso mijar — eu disse, levantando da cadeira.

Peguei meu celular no caminho para o banheiro e vi que tinha uma mensagem de texto da Spencer.

Spencer: *Se divertindo?*

Eu: Muito e você?

Depois de sair do banheiro, comecei a andar de volta para o show de peitos e bundas. Spencer não tinha respondido minha mensagem, mas, como ela era a anfitriã, imaginei que estava ocupada. Quando cheguei mais perto de onde estávamos sentados, notei que havia alguém na minha cadeira. Olhei e vi que todos os outros continuavam onde eu os tinha deixado. Jason me viu e se levantou, caminhando até mim.

— Então, ao que tudo indica, o ex da Spencer está aqui — ele disse.

— Travis? — perguntei, olhando para frente, por cima de seu ombro.

— É. Ele apareceu se queixando e lamentando por não ter sido convidado.

— Como ele sabia que estávamos aqui?

— Ele está com alguns caras ali. — Jason os apontou.

— Bem, ele precisa sair da porra da minha cadeira — eu disse, caminhando em direção a ele.

Enquanto andava, me perguntei se ele sabia da minha presença. Não sabia há quanto tempo o grupo dele tinha chegado, mas ele precisava dar o fora do meu lugar.

— Cara, você está na minha cadeira — eu disse.

Ele olhou para mim, sabendo claramente que era o meu lugar.

— Pegue outra.

— Olha, cara, você não foi convidado para esta festa por algum motivo, então, cai fora — eu disse.

— Max é meu amigo e colega de trabalho — ele disse ao levantar.

Estávamos a poucos centímetros de distância, mas nenhum de nós recuou.

— Foi. Ele foi seu amigo até você sacanear a melhor amiga da namorada dele.

Eu estava focado unicamente naquele idiota, mas senti Jason em pé atrás de mim e quatro pares de olhos voltados na minha direção, em vez de sobre os seios na frente deles.

— Você não sabe do que está falando — disse Travis, dando um passo na minha direção.

Eu sorri. Tudo o que eu mais queria era encher aquele filho da puta de porrada. Ele merecia pelo menos um bom murro no meio na cara por ter feito Spencer sofrer.

— É mesmo? Acha mesmo que eu não sei? Durmo com a melhor amiga da Ryan todas as noites. Acha que não sei o que você fez?

— Isto não tem nada a ver com a Spencer.

— Tem tudo a ver com Spencer. Você e Max são colegas de trabalho, não amigos — eu disse, dando um passo mais para perto do Travis.

— Olha, cara, é melhor você ir embora — disse Jason.

— Quem diabos é você? — Travis perguntou.

— Não é da sua conta quem ele é. Você não é bem-vindo. Se fosse, teria sido convidado — eu disse.

Pelo canto do olho, vi um segurança nos vigiando. Eu não ia começar uma briga, mas, se fosse preciso, seríamos expulsos porque aquele idiota merecia.

— Eu sinto pena de você. Spencer é ruim de cama. É só uma questão de tempo até você cansar do papai e mamãe — Travis disse.

Eu gargalhei. Gargalhei tanto que cheguei a levar as mãos à barriga de dor. Não conseguia imaginar Spencer transando só no estilo papai e mamãe.

— Oh, meu Deus, isso é hilário demais — eu disse ao enxugar uma lágrima do canto do olho depois que parei de rir. Travis estava me olhando boquiaberto. Todos estavam. — Spencer não é o problema. Obviamente, você é que é um merda na cama, porque *a* minha namorada é mais aventureira do que você imagina.

— Eu duvido disso — Travis disse, se movendo para avançar em mim, mas de alguma forma Max o agarrou. Eu não sabia o quanto ele estava sóbrio, mas conseguiu segurá-lo. Eu desejava que ele não o tivesse feito. Queria quebrar o nariz daquele cara.

— Travis, acho que está na hora de você voltar para os seus amigos antes que todos nós sejamos expulsos — Max disse. — Esta é a minha despedida de solteiro e eu não quero que você e a sua bebedeira a arruínem.

— Que se foda! — disse Travis, afastando a mão do Max do braço dele.

Desejando Spencer 131

Nós o observamos voltar para os amigos. Acenei para o segurança, dizendo-lhe que estava tudo bem, e voltei para o meu lugar. Olhei para o meu celular, mas Spencer ainda não tinha me respondido de volta.

— Ei, Becca me ligou cinco vezes nos últimos dois minutos. Preciso ir lá fora ligar de volta para ela — eu disse.

— Ela ligou para você? — Jason perguntou.

— Ligou. Deixe-me ir descobrir o porquê — eu disse e levantei, indo em direção às portas dianteiras.

Saí e ouvi a primeira mensagem de correio de voz de Becca.

— Brandon, estou tentando não surtar aqui, mas Spencer saiu para buscar gelo e não voltou. Ela saiu já tem mais de meia hora.

Que porra é essa?

Liguei para Becca sem me preocupar em ouvir as outras mensagens dela.

— Brandon — disse Becca, assim que atendeu o celular. — Spencer desapareceu.

— Desapareceu como? — perguntei.

— Ela foi buscar gelo e não voltou. Nós a procuramos por todos os lugares. O carro dela ainda está aqui, mas não conseguimos encontrá-la.

— Espera um pouco — eu disse e abri o app *Buscar meus amigos*.

Spencer não sabia, mas, desde que soubemos que tinha um

cara perseguindo-a, programei seu celular para que eu pudesse saber onde ela estava, caso lhe acontecesse algo. Não fiz isso para controlá-la, até porque ela estava sempre comigo, exceto quando estava no trabalho. Eu só queria que ela ficasse em segurança depois do calvário Christy e agora ela estava desaparecida.

Quando abri o aplicativo, ele disse que ela estava indo em direção a San Jose.

Voltei o celular para o ouvido.

— Que porra é essa? Ela está na 101 em direção a San Jose. Vocês estão perto de San Jose?

— Não, estamos no Westin.

— Com quem ela está? — perguntei, levantando a voz.

— Eu não sei. Ela foi buscar gelo aqui mesmo no hotel Westin em São Francisco! Todo mundo está aqui, exceto Spencer.

— Vou ligar pra ela — eu disse, desligando antes que Becca pudesse responder.

Liguei várias vezes para Spencer, mas ela não atendeu.

Corri de volta para dentro do clube.

Quando Jason viu pânico no meu rosto, perguntou:

— O que houve?

— Spencer está indo em direção a San Jose.

— Por quê?

— Eu não sei. As meninas estão pirando. Estão no Westin. Becca disse que ela foi buscar gelo e não voltou, e agora vi que ela está indo para o sul. Tentei ligar, mas ela não atendeu — gritei, passando as mãos pelo cabelo.

— O que está acontecendo? — Max perguntou.

— Spencer está indo para San Jose e ninguém sabe o porquê — falei irritado.

Todos nós tentamos ligar para ela. Meu coração estava disparado. Não sabia por que ela não estava com as meninas como deveria e não atendia nenhuma das nossas ligações. Se ela estivesse me traindo, tudo bem, mas ela teria, pelo menos, atendido a Ryan ou diria a ela onde estava... ou não?

— Ela não está me atendendo também — Max disse.

— Esse app que você tem diz exatamente onde ela está? — Jason perguntou.

— Diz, ela está na 101 — respondi, olhando para o pontinho laranja na tela.

— Vamos buscá-la. Talvez possamos alcançá-la e ela pode te dizer que merda está acontecendo — Max disse.

— Ou ela está me traindo — eu disse.

— Ela não está te traindo. Você acha que ela abandonaria a festa de despedida de solteira da Ryan para te cornear? E, principalmente, sairia sem dizer a Ryan aonde ia? — perguntou Jason.

— Verdade... Você está certo, vamos lá — eu disse.

Jason, Max e eu entramos no meu carro, mas Jason foi dirigindo para eu poder continuar ligando para Spencer. Fomos em direção à rodovia 101 em busca do pontinho laranja que piscava na minha tela.

— Essa festa de despedida de solteiro foi uma loucura — eu disse ao Max, tentando não pensar no que estava prestes a me deparar com Spencer.

— Nós deveríamos ter ficado só na minha casa. Tem *glitter* no meu jeans. Ryan vai ver antes que eu consiga trocar de roupa — Max disse.

— É... Estamos todos fodidos — Jason disse, nos fazendo rir.

Eu estava tentando não pensar no pior cenário possível de por que Spencer estava indo para o sul. Não estava entendo nada. Ela estava aproximadamente uma hora à nossa frente. Por que ela iria a algum lugar e não contaria a ninguém?

Os rapazes ajudaram, conversando sobre tudo e qualquer coisa que não fosse o sumiço da Spencer. As meninas também estavam a caminho, mas aproximadamente meia hora atrás da gente. Eu me sentia como se tivesse formado uma gangue para matar alguém. Esperava que não fosse o caso. Se Spencer estivesse me traindo, eu, provavelmente, estrangularia o cara, jogando toda a minha raiva nele.

Estava vendo o ponto laranja quando ele parou em San Jose, perto do aeroporto. *Quem diabos ela conhecia em San Jose?*

Quando saímos da 101 e entramos na 87 em direção ao centro, meu telefone vibrou com a entrada de uma mensagem de texto.

— Acabei de receber uma mensagem de um número desconhecido — eu disse, deslizando o dedo na tela para ativar o celular.

— O que diz? — Max perguntou.

— É um vídeo — respondi.

— Vídeo? — Max e Jason perguntaram em uníssono.

Toquei no *play* e o vídeo começou. Minhas sobrancelhas franziram quando vi Spencer segurando um jornal, com alguém apontando uma arma para a cabeça dela.

Catorze

*A dor é inevitável.
O sofrimento é opcional.*

Que porra é essa? Algum tipo de piada?

— Ela está segurando um jornal, enquanto uma arma está sendo apontada para a cabeça dela — eu disse, meu coração batendo descontroladamente.

Aquilo não era piada.

— Não estou conseguindo ouvir — eu disse.

Toquei no *play* novamente e Jason diminuiu o volume do rádio.

— Amor, Michael, da sua faculdade, quer que você leve um milhão de dólares para o Great America ao meio-dia de amanhã. Você precisa colocar o dinheiro em uma mochila e levá-la com você para a montanha-russa Top Gun. Dê uma volta nela, mas antes deixe a mochila num dos cubículos que as pessoas usam para deixar os objetos enquanto estão no brinquedo. Depois que fizer isso e eles pegarem o dinheiro, vão me soltar. Não leve ninguém para ajudá-lo ou chame a polícia. Se fizer isso, o amigo dele, Colin, vai me matar.

— Que porra é essa? — perguntou Max, olhando por cima do ombro para o banco traseiro.

Eu não falei. Em vez disso, repassei a vídeo. Michael

Desejando Spencer   137

Smith da A&M, Universidade do Texas, o cara que juntou um grupo de rapazes para quebrar minha coluna tinha sequestrado Spencer porque ainda estava obcecado pelo treinador ter me nomeado *quarterback* titular doze anos atrás. Consegui ser titular em apenas dois jogos porque aquele filho da puta quebrou minha coluna. Como eu devo a ele? Se alguém deve a alguém, é ele a mim! E mais importante, como ele sabia sobre Spencer?

— O que vamos fazer? — Jason perguntou.

— Acionar a polícia — Max respondeu.

— Eles disseram para não chamar — eu disse.

— Isso é só nos filmes. Esse idiota está com a sua namorada. Vamos acionar a polícia e eles invadem. Sabemos exatamente onde ela está — Max disse. — Obviamente, esse idiota não sabe sobre o app *Buscar meus amigos*.

— Ou ele não percebeu que Spencer está com o celular — Jason disse.

Eu não ia perder mais tempo. Estávamos chegando mais perto de ponto laranja de Spencer e eu precisava que a polícia fosse imediatamente para lá.

— 911, qual é a sua emergência?

— Minha namorada foi sequestrada.

— Sua namorada foi sequestrada?

— Foi! — gritei.

— Senhor, se acalme.

— Como eu posso me acalmar? O filho da puta acabou de

me enviar um vídeo com uma arma apontada para a cabeça dela!

— Você tem um vídeo?

— Tenho, e sei onde eles estão.

— Como você sabe onde eles estão?

— Tecnologia. Eu usei o app *Buscar meus amigos*. Ela está sendo mantida refém na terceira avenida ao norte com a Jackson e estamos quase lá.

— Você está quase lá?

Jesus Cristo, que porra é essa?

— Estou!

— Uma viatura já está a caminho. Por favor, não se aproxime do local. A polícia deve chegar em aproximadamente três minutos.

— Obrigado.

Desliguei o telefone e dirigimos mais alguns quarteirões até pararmos em frente a um restaurante chinês no final da rua. Eu queria invadir onde o ponto laranja da Spencer piscava, mas não queria que Michael atirasse nela.

Vi uma viatura da polícia se aproximando e rapidamente saí do carro, acenando para eles. Quando me viram, se aproximaram e abriram a janela.

— Aqui — eu disse, empurrando meu celular na cara do policial para que visse o vídeo.

Despois que o assistiu, ele disse:

— Você sabe onde ela está?

— Sei — eu disse, mostrando o app. — Este ponto laranja é o celular dela.

— E você tem certeza de que ela está lá com o celular?

— Bem... não, mas moramos em São Francisco e não há nenhuma razão para ela ou o telefone dela estarem aqui em San Jose.

— O celular pode ter sido roubado, senhor.

— Eu sei, mas ela estava em uma festa de despedida de solteira com as amigas e tinha ido ao final do corredor do hotel buscar gelo. E não voltou para o quarto. Elas a procuraram por todos os lugares e não a encontraram, e ela também não está atendendo o celular.

O policial balançou a cabeça.

— Tudo bem, deixe-me chamar reforço. Fique aí e nos deixe fazer o nosso trabalho. Não tente ser herói.

— Eu não vou — disse e voltei para o carro.

— As meninas e o Acyn estarão aqui em mais ou menos uns vinte minutos — Jason disse.

— Acyn? — Instantaneamente virei a cabeça para olhar para Jason.

— O colega de trabalho da Spencer — ele disse.

— Eu sei quem é. Por que ele está vindo?

— Então, aparentemente... — Jason disse e começou a rir.

140   Kimberly Knight

Isso não era motivo de riso. Eu não ia aguentar ver outro cara querendo minha namorada sem querer arrancar sua jugular. — Becca e Spencer contrataram um stripper para a festa de despedida de solteira de Ryan. Ninguém sabia que Acyn também era stripper.

Apertei a parte de cima do nariz, tentando aliviar o latejar na cabeça, e olhei para baixo, pensando por um momento. Eu não fazia ideia do que estava acontecendo. Minha cabeça estava girando e eu só queria esquecer isso tudo e começar o dia de novo. De todas as pessoas, o stripper contratado tinha que ser o Acyn?

— Diga a eles para esperarem até que seja seguro — eu finalmente disse.

— Eu já disse. Eles vão estacionar na rua e esperar minha ligação. A propósito, foi o Acyn quem percebeu que a Spencer tinha sumido.

Olhei para ele.

— Claro que foi ele.

Agora que Acyn eventualmente salvou a vida de Spencer, eu não poderia odiar o cara. Precisávamos ter uma conversa de homem para homem porque Spencer ia ser minha esposa e ele precisava saber disso.

Ficamos em silêncio, observando quando mais duas viaturas se aproximaram. Conversaram pelo que pareceu uma eternidade e, em seguida, sacaram suas armas e caminharam em direção à casa onde o ponto laranja de Spencer estava.

Estava escuro, mas consegui ver quando eles arrombaram a porta depois de bater algumas vezes e desapareceram dentro da casa. Minhas pernas tremiam, meu peito doía e minhas mãos suavam. Aquilo não era algo que você se prepara para enfrentar.

Pensei que Michael estivesse muito longe. Quem guarda rancor para se vingar doze anos depois?

Após alguns minutos, vi um dos policiais trazendo Michael algemado para fora e depois um outro policial trouxe mais um cara.

— Ei, aquele é...? — comecei a dizer.

— Que porra é essa? Esse é o cara que tentou agarrar Becca no *Lavo* em Vegas — Jason disse.

— Esse primeiro cara é o Trevor — Max disse. — Lembro-me dele do *MoMo's,* de quando eu estava com as meninas e você, em Seattle.

— Você acha que Trevor é, na verdade, o Michael? — perguntei, lembrando de quando Spencer tinha me dito que ela e Ryan conheceram "Trevor" em Las Vegas.

Aquilo tudo era surreal. Na verdade, era Michael quem estava perseguindo Spencer, observando-a desde Las Vegas? Eu não conseguia respirar. Senti o peito comprimindo com o pensamento de Michael perseguindo Spencer, e, novamente fui eu quem a colocou em perigo. Por que o meu passado voltou para me assombrar? Por que não podiam me deixar em paz?

Pensei que tinha ficado tudo para atrás com Christy na cadeia. Minha vida tinha se transformado num drama policial e eu estava odiando aquilo. Queria fugir. Queria levar Spencer para longe e nunca mais voltar.

Um minuto depois, Spencer saiu de dentro da casa, amparada por um policial. Corri até ela, as luzes vermelhas e azuis iluminando o caminho. Em algum ponto, mais carros de polícia e uma ambulância tinham chegado, mas eu estava tão focado na porta da frente que nem percebi.

— Oh, meu Deus, meu amor, fiquei tão preocupado com você! — eu disse sem pausar até tê-la nos braços, segurando-a tão apertado quanto conseguia.

— Eu estou bem — ela disse. Eu a interrompi, capturando seus lábios e beijando-a. E se ela não estivesse? E se aquele filho da puta a tivesse matado? Beijei seus lábios como se fosse a última vez. — O que aconteceu?

— Spencer, meu nome é Jaime Brooks e eu sou o advogado de vítima designado ao seu caso. Estarei com você durante o depoimento na delegacia. Depois que você for verificada pelos paramédicos, iremos para lá.

— Ok, Brandon pode vir comigo?

— Pode, mas ele não poderá falar. Só poderá te dar apoio emocional.

— Está bem. Quem está aqui com você? — ela perguntou, olhando para mim.

— Ryan, Becca, Jason, Max e Acyn.

— Acyn? — ela perguntou.

— Foi ele quem percebeu que você tinha sumido.

— Ah, então você já sabe?

— Sei — respondi, sorrindo.

— Está bravo?

— Como posso estar bravo depois de tudo o que você acabou de passar?

— Não foi tão ruim assim.

— Amor... — Parei de andar e a virei para mim. — Você foi sequestrada e mantida refém. Eu fiquei apavorado. Tinha uma arma apontada para a sua cabeça.

— Eu sei, mas agora estou bem.

Eu só a olhei. Ela estava ignorando o acontecido e tratando como se não fosse nada, exatamente como fez com o ataque da Christy. Mas, em hipótese alguma, eu deixaria acontecer novamente. Daquela vez, me certificaria de que ela estivesse realmente bem.

Jaime e eu levamos Spencer até a ambulância para ser examinada por um médico. Quando foi constatado que estava tudo bem e ela foi liberada, perguntou:

— Posso ir ver meus amigos?

— Pode, mas só por um minuto. Agora que já foi examinada, temos que ir até a delegacia.

— Tá bom — ela disse, pegou minha mão e fomos juntos até onde eles estavam.

Quando Ryan e Becca nos viram andando até elas, tentaram passar pelo policial que estava de pé na frente delas.

— Pode deixar, oficial Hunter-Cogan — disse o oficial Martino, dando permissão para os nossos amigos passarem.

— Juro por Deus, Spencer, vou comprar algemas e você nunca mais vai ficar sozinha! — Ryan disse ao abraçá-la.

Suspirei, finalmente me sentindo aliviado por Spencer estar bem. Jason e Max se juntaram a nós e eu balancei a cabeça para eles, afirmando que Spencer estava bem.

— Estou bem, Ry.

— Se o Acyn não tivesse percebido seu sumiço depois da performance dele, nem sei o que teríamos feito — Becca disse, abraçando-a também.

À menção ao nome do Acyn, eu o olhei. Suas mãos estavam nos bolsos e ele acenou com a cabeça para Spencer quando ela murmurou "obrigada". Em seguida, me olhou e eu assenti, mas lhe lancei um olhar que dizia que não estava satisfeito por ele desejar minha namorada.

Depois que todos se certificaram de que ela estava bem, Jaime caminhou com Spencer e eu até um carro da polícia e foi conosco para a delegacia.

— Onde estamos? — ela perguntou.

— Em San Jose, amor.

— Me levaram até San Jose?!

— Sim, é por isso que não cheguei até você mais cedo.

— Brandon, sinto muito. Sei que você quer contar tudo a ela, mas não pode. Ainda não — Jaime disse, se virando no banco da frente para nós.

Spencer deitou a cabeça no meu ombro e acabou dormindo durante o curto trajeto. Depois do depoimento da Spencer e do meu, de como eu conhecia Michael, fomos liberados para irmos para casa. Ela confirmou que era ele quem a perseguia e fiquei, mais uma vez, aliviado por aquele capítulo ter terminado. Eu só desejava conseguir reescrevê-lo sem que Spencer corresse perigo.

Quinze

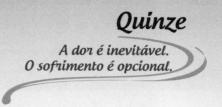
A dor é inevitável.
O sofrimento é opcional.

As semanas seguintes foram difíceis. Insisti que Spencer visse um terapeuta porque estava tendo pesadelos todas as noites. Tiramos a semana de folga no trabalho e os pais dela vieram de Encino passar alguns dias. Eu estava realmente cansado do motivo pelo qual eles vinham nos visitar. Queria que fosse em circunstâncias melhores.

O julgamento de Christy, Michael e Colin estava marcado para julho e todos tiveram suas fianças negadas. Michael tinha dito a Spencer que Christy também era parte do plano deles, portanto, todos eles foram acusados juntos. Parece que Michael queria me destruir por eu ter me interessado pela academia de Seattle. Eu não sabia que era dele e que estava indo à falência. Não era culpa minha, mas, na sua cabeça doentia, ele não queria que eu pegasse o que era dele — de novo.

Desde que soube que eu queria comprar a academia dele, começou a me perseguir e a todos à minha volta. Ele descobriu sobre Christy e, quando terminamos, colocou seu plano em ação. Encontrei as escutas que ele tinha admitido esconder no meu escritório e trocamos todas as fechaduras, caso ainda tivesse outras pessoas trabalhando para ele. Eu não sabia se o plano parava com ele indo para a cadeia. No mínimo, pararia com a minha morte.

Eu realmente esperava que tudo estivesse acabado. Se algo mais acontecesse, sabia que Spencer me deixaria. Até eu me deixaria. Obviamente, eu só trazia problemas para ela e a colocava em perigo.

— Venha, vamos sair, vá se vestir — eu disse quando entrei na sala de estar.

— Para onde vamos? — Spencer perguntou, deitada no sofá.

— Lembra que prometi que você poderia ter um cachorro?

— Lembro.

— Bem, vamos arrumar um cachorro.

— Agora?

— Sim, já — respondi, pegando sua mão e levando-a pela escada para tirar o pijama.

Se havia alguma coisa que a deixaria animada era um lindo filhotinho, sem dizer que eu me sentiria mais tranquilo tendo um cão de guarda por perto. Nossa casa ficava a quarenta e cinco minutos da cidade e, se eu tivesse que viajar novamente ou trabalhar até tarde, ficaria mais sossegado se Spencer não voltasse para uma casa vazia.

— Que raça devemos ter?

— Não sei, vamos ver o que eles têm.

— Tá bom — ela disse, finalmente sorrindo.

Fomos até o SPCA e caminhamos por lá, olhando todas as raças de cães. Depois de Spencer se apaixonar por quase todos eles, resolvemos adotar um golden retriever de seis meses.

— Que nome você quer dar a ele? — perguntei enquanto ela o segurava no colo, no banco da frente.

— Que tal... — ela já ia dizer, mas parou e pensou por um momento, então disse: — Niner?

— Niner?

— É, ele é um *golden* e as cores do time são vermelho e dourado.

— Mas eu torço para o *Cowboys* — falei, rindo.

— Bem, eu torço para o Forty Niners, e você está em São Francisco agora.

— Niner, hein?

— Isso aí, Niner.

— Jason vai me matar — falei, rindo novamente.

Foi bom finalmente ver um sorriso no rosto dela.

𝕏

— Como está Spencer? — Jason perguntou quando entrei no escritório dele na segunda de manhã.

— Melhor. Agora temos um cão.

— Isso é bom?

— É...

— Que raça?

— Golden Retriever.

Desejando Spencer 149

Eu estava tentando manter uma cara séria. A pergunta seguinte era a que eu temia.

— E que nome vocês deram a ele?

— Niner — respondi com uma tosse.

— O quê?

— Niner — repeti, ainda fingindo uma tosse.

— Você disse "Niner"?

— Não — eu disse, balançando a cabeça e arrastando a palavra.

— Disse sim. Você nomeou o seu cachorro de Niner?

— Foi Spencer quem deu o nome e você sabe que, depois de tudo o que ela passou, eu não poderia negar isso.

— Uau...

— Tanto faz o nome — eu disse. — Como foi o seu final de semana?

— Na sexta-feira, Becca foi ao médico.

— Ela está bem? — perguntei, preocupado.

— Ótima... ela está grávida — ele disse com um enorme sorriso.

— Sério?

— Sério. Agora é pra valer!

— Cara, isso é incrível!

Finalmente era o dia do casamento de Max e Ryan. Enquanto nos dirigíamos de limusine para o Shakespeare Gardens, os rapazes e eu tomamos *shots* de *Fireball*. Max se manteve calmo.

Chegamos, fizemos nossas coisas de padrinhos de acomodar os convidados e esperamos as meninas chegarem. Becca e Jason vieram cumprimentar Max, e eu sussurrei "parabéns" no ouvido dela.

Não via Becca desde antes do Jason me contar sobre a gravidez, e, mesmo estando no início, ela estava radiante. Assim como antes, fiquei muito feliz por eles. Há anos esperavam por aquele momento e eu estava ansioso para ser tio.

Caminhei com os pais de Spencer até o lugar deles e perguntei ao Kevin, pai dela, se poderíamos conversar.

— Está tudo bem? Spencer está bem?

— Está bem melhor. Não é sobre isso que quero conversar — eu disse.

— Então o que é?

— Sei que prometi ao senhor proteger Spencer, e, embora tenha tentado, falhei por duas vezes.

— Brandon, pode parar por aí. Ninguém poderia prever as coisas que aconteceram com a Spencer.

— Mas a culpa é minha.

— Não foi culpa sua. Você não mandou fazer o que eles fizeram, não é?

Desejando Spencer 151

— Não — respondi, balançando a cabeça. — Mas o senhor me disse para mantê-la em segurança e eu falhei.

— Vou repetir: ninguém poderia prever as coisas que aconteceram. É impossível estar com ela vinte e quatro horas por dia, sete dias por semana, e esses filhos da puta doentes sabiam quando você não estava com ela. Não se pode viver a vida em função de alguém.

— Eu posso e quero. Spencer é a minha vida.

— Julie e as minhas filhas são a minha vida, mas nem por isso posso estar com elas o tempo todo.

— Eu entendo — disse. — A verdadeira razão pela qual eu queria conversar era para perguntar se o senhor me concede a mão da Spencer em casamento.

— Você vai pedi-la em casamento?

— Vou — respondi com um enorme sorriso no rosto.

— Já comprou o anel de noivado?

— Claro. Está comprado desde o final de dezembro.

Viramos a cabeça quando a limusine das meninas estacionou e ficamos observando.

— Claro que você tem meu consentimento — ele disse, estendendo a mão para mim.

Apertei-a, agradecendo, e saí para cumprimentar as meninas e dar andamento ao início do casamento.

O casamento transcorreu sem qualquer contratempo. Ryan estava deslumbrante vestida de noiva e eu não via a hora de ser o meu casamento com Spencer. Durante a cerimônia, Julie, a mãe de Spencer, me lançou o polegar para cima com um sorriso enorme. Aparentemente, Kevin tinha lhe contado dos meus planos para o futuro com a filha deles.

Depois da cerimônia e de tirarmos fotos, voltamos em limusines para o Wyndham, onde seria a festa. Mesmo estando muito nervosa, Spencer fez um belíssimo discurso.

Com Spencer em meus braços, dançamos na pista de dança.

— Você sabe que está usando vestido, né? — sussurrei em seu ouvido.

— Ah, não. Nem vem. Meus pais estão logo ali — ela disse, meneando a cabeça.

— Só estou brincando, embora eu ame suas pernas.

— E eu te amo em um smoking.

Dançamos um pouco mais antes de as meninas precisarem descansar os pés.

— Ei, preciso ir ao banheiro, quer ir comigo? — Spencer perguntou a Becca.

— Claro.

Assim que elas se afastaram, contei ao Jason sobre a minha conversa com Kevin.

— O pai de Spencer me deu o consentimento dele.

— Que maravilha! E quando você vai fazer o pedido?

Desejando Spencer 153

— Em breve... muito em breve.

— E já sabe como vai fazer?

— Ainda não — respondi, balançando a cabeça.

— Bem, você sabe onde está o anel.

Tínhamos guardado o anel no cofre do meu escritório. Eu não sabia onde mais poderia guardá-lo sem que Spencer o encontrasse. Sabia que ela não bisbilhota as minhas coisas, mas queria ter certeza de que ela nem desconfiasse que eu iria pedi-la em casamento.

A espera estava me matando.

— Que porra é essa? — falei, observando Travis entrar no salão de festas.

— O que ele está fazendo aqui? — Jason perguntou.

— Acho que ele não foi convidado... de novo — disse, já ficando de pé.

Olhei pelo salão e vi Max e Ryan dançando. Eu não ia interrompê-los. Comecei a andar na direção do Travis enquanto ele se dirigia aos banheiros onde Spencer e Becca estavam. Meu olhar desviou rapidamente até Kevin, que me deu um aceno de cabeça.

Acho que ele não sabia quem era o Travis, ou melhor, não sabia como era a aparência dele. Eu sabia que nunca tinham sido apresentados. Se ele o reconhecesse, seria por tê-lo visto em fotos. Eu estava prestes a perder o controle.

— Que merda você está fazendo aqui, Travis? — Ouvi Spencer perguntar.

Jason agarrou meu braço, me detendo.

— Apenas espere para ver o que ele vai fazer. Não queremos estragar o casamento do Max e da Ryan. Além disso, acho que Spencer sabe se cuidar — ele sussurrou.

Ficamos parados e espreitando de um canto. As meninas estavam de pé perto do banheiro.

— Vim falar com você — ele falou arrastado e tropeçou, caindo de costas contra a parede.

— Você está bêbado? — Spencer perguntou.

— O que os dois estão fazendo aqui de pé, parados? Vocês precisam ir lá resolver aquilo — Becca nos disse, apontando para Spencer e Travis.

— Nós vamos. Se ele for embora por conta própria, não teremos que arruinar o casamento — eu disse.

Tudo o que eu mais queria era dar um soco na cara daquele merda, mas não podia fazer isso com Ryan. Ela arrancaria minhas bolas e eu sabia que, de alguma forma, falaria para Spencer me deixar. Ela era meio louquinha, mas eu tinha aprendido a amá-la. Ela amava a minha Spencer, e era como se fôssemos uma grande família.

— Não — ele disse, arrastando a palavra.

— Você não foi convidado. Precisa ir embora — Spencer disse.

— Olha, só me escute, Spencer.

— Tudo bem, fale. O que é tão importante que você tinha que entrar de penetra no casamento de Ryan e Max?

Desejando Spencer   155

— Ouvi o que aconteceu com você.

— Isso não é da sua conta — ela disse, levantando a voz.

— Spencer, eu te amo, é claro que é da minha conta.

Dei um passo à frente, mas Jason me parou novamente. Virei-me e o encarei, em silêncio, como se quisesse dizer "Puta que pariu!".

Ele levantou o dedo, me pedindo para esperar mais um pouco. Será que ele sabia o que aquela espera estava fazendo comigo? Travis tinha acabado de dizer a Spencer que ainda a amava. Ele não tinha mais o direito de amá-la. Partiu o coração dela, o pisoteou e a abandonou. Era eu quem merecia o amor dela. Fui eu quem juntei os caquinhos do coração partido dela. Era eu quem a amava.

— Sei, me ama tanto que transou com a Misty na mesa do escritório. Você é patético. Sabe, estou muito bem com Brandon e não tenho nenhum interesse em voltar para você — ela disse, cruzando os braços.

— Foi por isso que eu vim. Brandon é perigoso para você.

— Ele nunca fez nada pra mim.

— Não, mas o passado dele quase te matou duas vezes. Da última vez, você foi sequestrada — ele disse, se aproximando ainda mais dela.

Jason ainda estava com a mão no meu braço. Quanto tempo ele ia deixar aquilo continuar? Por mais que estivesse me matando ficar ali parado, eu sabia que no fundo ele tinha razão e estava cuidado de mim. Mas, porra, Travis merecia um chute no saco.

— Não foi culpa do Brandon — Spencer disse, balançando a cabeça.

— Nem fodendo que não foi. Se vocês não tivessem se conhecido, essas coisas nunca teriam acontecido.

— Se você nunca tivesse me traído, então eu nunca o teria conhecido — ela retrucou, realmente levantando a voz.

Libertei-me do braço do Jason. Eu não aguentava mais. Aquele filho da puta precisava parar.

— Amor, você está bem? — perguntei ao me aproximar com Jason e Becca logo atrás.

— Estou. Travis já estava de saída.

— Não vou embora sem você — ele disse, tentando agarrar o braço dela.

Ah, não! Nem fodendo! Ele não toca no que é meu!

— Olha, cara, você precisa tirar a porra da sua mão de cima dela agora e ir embora — eu disse, puxando Spencer para o meu lado.

— Você tá certo, coma a minha sobra — Travis disse, rindo.

— Vai se foder! — Spencer gritou.

— Chega! Ou você sai agora ou eu mesmo te tiro daqui — falei irritado na cara dele.

— Venha, amor, vamos voltar para a mesa — Spencer falou.

Senti Spencer tentando me afastar dele, mas não saí do lugar. Após o confronto na festa de despedida de solteiro do Max e agora ali, aquele filho da puta ia ter o que merecia.

— Vai lá, ouça a sua cadela — Travis sibilou.

Num instante, agarrei Travis e o derrubei no chão. Nem perdi tempo avisando-o. Eu estava farto. Joguei o braço direito para trás e, em seguida, acertei o rosto do Travis várias vezes. O nariz dele jorrou sangue na minha mão, que escorreu para o interior do punho fechado. Eu não conseguia parar de bater nele. Tudo o que ele tinha dito e feito para machucar Spencer estava gritando na minha cabeça e ele mereceu cada soco.

Jason veio por trás e me puxou de cima do Travis, mas ainda tentei acertar o punho em seu rosto. Pairei por cima dele, tentando recuperar o fôlego, enquanto ele estava deitado no chão, gemendo e cobrindo o nariz com as mãos, sangue infiltrando por entre os dedos.

— Vamos, cara, vamos lá fora — Jason me disse.

Olhei para trás, procurando Spencer. Não sabia se ela estava zangada, mas não consegui me controlar. Jason colocou a mão no meu ombro, me guiando para a varanda.

Spencer e Becca nos seguiram, e deixamos Travis mergulhado no próprio sangue. Enquanto caminhávamos no meio das pessoas em direção à varanda, olhei para Kevin e acenei com a cabeça. Ele acenou de volta.

— Cara, isso foi foda demais. Como está a sua mão? — Jason perguntou.

Olhei para baixo; estava coberta de sangue.

— Está tudo bem. Onde está Spencer?

— Elas estão vindo pra cá. Aqui, limpe a mão — disse Jason ao me entregar um copo d'água e um guardanapo.

— Eu não teria parado — confessei.

— Eu sei. Por isso te puxei de cima dele.

— Porra! Eu odeio aquele cara.

— Eu também.

Ouvi a porta atrás de nós abrir e me virei, encontrando os olhos de Spencer. Com dois passos largos, estava ao lado dela, segurando seu rosto com as duas mãos e a beijando firme.

— Você está bem? — perguntei ao me afastar dos lábios dela.

— Não deveria ser eu a te perguntar isso?

— Eu estou bem, é com você que estou preocupado.

— Está tudo bem. Posso lidar com aquele babaca. Como está a sua mão?

— Está ótima. Tenho que admitir, estou contente por ter tido a chance de esmurrar aquele idiota.

— Eu também — Spencer disse, sorrindo e me deixando à vontade.

— Eu também! — exclamou Jason atrás de mim.

Todos nós rimos e permanecemos do lado de fora, apreciando a vista da cidade antes de voltarmos para dentro. Ryan e Max ainda estavam na pista de dança, sem fazer a menor ideia sobre o acontecido.

Desejando Spencer   159

160   Kimberly Knight

Dezesseis

*A dor é inevitável.
O sofrimento é opcional.*

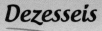

É hoje! Hoje à noite vou finalmente pedir Spencer em casamento.

Nossas vidas voltaram ao normal. Spencer não está tendo mais pesadelos. Já até voltei a jogar pôquer nas noites de quarta-feira com os rapazes. Só que, naquela quarta, Spencer não fazia a menor ideia de que eu a estaria esperando em casa, com um joelho no chão.

— Você tem tudo o que precisa? — Becca perguntou.

— Tenho.

— E as velas?

— Tudo pronto.

— Pegou o anel? — Jason perguntou.

Bati a mão no bolso da calça.

— Está aqui. E lembre-se, se Spencer quiser fazer planos para hoje à noite, você está ocupada — falei, apontando para Becca.

— Eu sei. Já lhe disse que estaria ocupada. E Ryan fez o mesmo.

— Espero que ela vá direto para casa — eu disse.

— Ela vai. Me disse que tem alguns programas de TV para colocar em dia.

Não sei por que, mas, durante todo o trajeto para casa, eu estava nervoso. Sabia que Spencer diria sim. Vivíamos juntos, todos os nossos amigos já eram casados e ela sempre dava uma indireta sutil aqui e ali.

Fiz questão de estacionar na rua um pouco mais afastado para Spencer não ver meu carro quando chegasse. Meu coração estava acelerado no peito.

Era assim que todo homem se sentia quando pedia sua amada em casamento?

— Oi, amigão — disse ao Niner quando entrei pela porta da frente e ele pulou em mim, abanando o rabo e lambendo meu rosto. — Eu tenho uma surpresa para a mamãe. Você vai me ajudar?

Ele latiu como se entendesse.

Levei-o até o quintal para fazer xixi enquanto arrumava as velas, fazendo uma trilha começando do lado de dentro da porta da garagem, subindo as escadas, e indo para o nosso quarto.

Decidi fazer um caminho de velas até o nosso quarto para dar um efeito mais romântico do que apenas ficar em um joelho na sala quando ela abrisse a porta.

Depois de colocar as velas, olhei meu relógio e vi que Spencer já deveria estar chegando. Desde que nos mudamos para uma distância de quarenta e cinco minutos da cidade, só não vínhamos juntos para casa nas quartas e às vezes às sextas-feiras.

Só esperava que Spencer não suspeitasse de nada, mesmo sendo meu dia de pôquer.

Peguei Niner, que já tinha me seguido até o andar de cima, e o tranquei dentro do quarto onde esperaria Spencer. Acendi as velas, tirei o anel do bolso da calça e o coloquei no bolso da camisa para facilitar e voltei para o nosso quarto para esperar.

Eu ainda estava nervoso. E se me atrapalhasse todo com o que tinha preparado para falar? E se ela dissesse não por tudo o que passou, por causa daquela merda do meu passado? E se ela não chegasse em casa a tempo e arruinasse a coisa toda?

Passava todas as possibilidades pela minha cabeça quando a ouvi chamar.

— Amor? Niner?

— Chegou a hora, amigão — eu disse, segurando Niner pela coleira e o trazendo para o meu lado enquanto me ajoelhava. — Seja um bom garoto e sente.

Ele sentou e nós esperamos.

— Meu amor? — Ouvi Spencer chamar novamente, desta vez abrindo a porta do quarto.

— Oi — eu disse, sorrindo.

— Oi — ela disse da porta, sua bolsa caindo no chão.

— Lembro-me da noite em que te vi pela primeira vez. Não conseguia tirar os olhos de você. Fiquei te olhando do meu escritório, havia algo em você que me atraiu completamente e, a partir daquele momento, eu soube que te queria na minha vida. Você sorriu para mim e eu apenas soube. Eu desejei você. Sei que

Desejando Spencer 163

não trocamos uma só palavra durante várias semanas e você sabe as razões por trás disso, mas, ainda assim, fiz tudo o que podia apenas para estar com você.

— Então, houve Vegas e eu nunca em toda a minha vida fiquei tão ligado a alguém dançando da maneira que fiquei quando te vi na pista de dança. Você me hipnotizou e agora você é toda a minha vida, todo o meu mundo, e eu nunca mais quero ficar sem você. Sei que o meu passado a pôs em perigo, e, eu juro por Deus, vou fazer tudo o que estiver ao meu alcance para não deixar nada acontecer com você.

— Ninguém nunca me afetou da maneira como você afeta. Eu achava que sabia o que era amor, mas não fazia ideia do que era até te conhecer. Acho que eu te amei no nosso primeiro encontro, mas, a cada dia que passa, meu amor por você fica ainda mais forte. Minha vida desmoronaria sem você — nem sei como sobrevivi antes de você.

— Você é tudo o que eu sempre desejei, tudo o que eu sempre precisei. Quero te amar pra sempre, quero ficar com você para sempre, quero que você me queira para sempre, porque você é *tudo o que eu desejo*. Eu te amo com todo o meu coração e quero envelhecer com você. Então, o que estou tentando dizer é: Spencer Marshall, você quer se casar comigo?

Eu estava divagando, mas não me importei. Precisava colocar tudo para fora antes que esquecesse o que ia dizer.

Enfiei a mão dentro do bolso da camisa e puxei a caixa de veludo preto que eu tinha guardado por seis meses. Levantei a tampa e Spencer olhou para o anel com lágrimas escorrendo pelo rosto.

— Sim — ela disse, os olhos voltando para os meus.

— Sim?

— É claro que sim.

Levantei, dando a Niner a dica de que já podia se mexer. Ele latiu quando agarrei o rosto de Spencer com as duas mãos e a beijei longamente.

Depois de quase não conseguir mais respirar, interrompi o beijo e deslizei o anel na mão esquerda dela.

— Vamos, Niner, preciso falar com a sua mãe sozinho — disse para o cão, levando-o pela coleira para fora do quarto e depois fechando a porta. — Você acabou de me fazer o homem mais feliz do mundo e eu ainda não me sinto confortável em devorar seu corpo na frente dele — confessei, rindo.

— Hum! — ela disse, rindo um pouco, então admirou a pedra em seu dedo.

Estendi a mão, agarrei a mão esquerda dela e também admirei o anel. Eu tinha certeza de que Becca e Ryan estavam esperando Spencer ligar para contar a novidade, mas eu precisava tê-la. Ela ia ser minha esposa!

Então a soltei e, lentamente, comecei a puxar sua blusa sobre a cabeça. Ela levantou os braços, me permitindo removê-la completamente.

— Você vai ser minha esposa — eu disse, olhando nos olhos dela.

— E você vai ser meu marido — ela disse, se aproximando ainda mais e começando a desabotoar minha camisa.

Inclinei-me e reivindiquei sua boca mais uma vez, nossas

línguas se deliciando. Rapidamente abri o botão e zíper da calça dela e a deslizei perna abaixo. Ela tirou as sandálias e as chutou para o lado, e depois saiu da calça enquanto eu tirava a camisa que ela já tinha desabotoado completamente.

Meu pau estava pronto. Tinha certeza de que ele nasceu pronto — nasceu para estar sempre enterrado na Spencer, minha noiva.

Ela desabotoou o sutiã e fiquei observando seus seios saltarem quando o removeu completamente, enquanto eu desabotoava meu jeans e o deslizava junto com a boxer em um movimento rápido.

Saí da calça e dei um passo para mais perto de Spencer, nossos corpos se nivelando. Inclinei o queixo dela para cima.

— Eu te amo, Spencer.

— Também te amo — ela disse, envolvendo os braços no meu pescoço e me beijando novamente. Jamais me cansaria dessas três palavrinhas. Parece até loucura como um olhar, uma viagem a Las Vegas e uma dança mudaram minha vida para sempre.

Enganchei os polegares em sua calcinha e a puxei para baixo. O pedido de casamento foi toda a preliminar da qual eu precisava, mas sabia que não ficaria satisfeito se não a saboreasse. Eu senti o cheiro da excitação de Spencer quando deslizei sua calcinha para baixo, expondo a boceta que eu tanto desejava. Ao sair dela, deslizou para o meio da nossa cama king-size. Eu adorava vê-la nua e pronta para mim.

Engatinhei por cima dela, deslizando a língua da barriga até a lateral do pescoço, depois pelo lábio inferior, fazendo-a gemer de prazer. Ela abriu as pernas, e foi o bastante para eu saber que ela queria ser tocada entre elas. Corri a mão da perna até a boceta, friccionando o púbis com a palma e, em seguida, o clitóris, fazendo com que arqueasse as costas em resposta.

Ela atacou minha boca, devorando meus lábios enquanto meu polegar desenhava círculos sobre seu clitóris. Ela gemeu novamente, fazendo com que nossas bocas se separassem, e eu inverti a trilha com a língua, fazendo o caminho do pescoço, barriga, e, então, parando no meu lugar preferido no mundo. Dei leves pancadas em seu clitóris com a língua, e, como sempre, ela passou as mãos pelo meu cabelo enquanto gemia de prazer.

— Vou saborear isso pelo resto da minha vida — eu disse, olhando-a, seus sucos em minha boca.

— E eu vou aproveitar quando você fizer isso pelo resto da minha vida — ela disse com um leve sorriso.

Voltei para o clitóris, lambendo-o e levando-a mais para perto do clímax. Eu adorava o gosto dela. Era doce, como um pedaço de abacaxi num dia quente. Minha língua continuou a circular seu clitóris, e, em seguida, deslizou para cima e para baixo na boceta, sugando todo seu suco como se fosse água e minha fonte de sobrevivência. Ela gozou, a boceta pulsando na minha língua, as mãos cerradas no edredom da cama enquanto gemia meu nome.

Levantei-me e me inclinei para beijá-la novamente. Ela me beijou de volta, sentindo seu gosto. Comecei a guiar meu pau entre suas pernas quando Spencer me parou.

— Espere, a camisinha.

— Você ainda está tomando a pílula?

— Estou.

— Ótimo! Estou morrendo de vontade de entrar em você sem nada. E já que você vai ser minha esposa, não vejo por que precisarmos mais delas.

— Tá bom — ela falou sem fôlego.

Lentamente me guiei em suas dobras escorregadias. Eu quase gozei na hora. O calor da boceta dela era dez vezes maior sem camisinha. Era bom pra caralho.

— Porra, isso é muito bom — gemi.

Comecei a mover os quadris para dentro, estocando vigorosamente. Inclinei-me, pegando um dos seios na boca, sugando o mamilo ereto e, em seguida, mordendo levemente. Ela esticou os braços para agarrar e apertar minha bunda, puxando-me para enterrar com mais força.

— Desculpe, amor, mas isso é tão bom que não vou conseguir segurar por muito tempo — gemi, olhando em seus olhos.

— Não faz mal, você já me satisfez.

Continuei a bombear, aumentando o ritmo e, finalmente, gemi, derramando minha semente dentro dela. Nossos corpos estavam escorregadios de suor. Eu não conseguia me mexer. Meu pau ainda pulsava dentro do seu canal quente, adorando seu novo lar. Nem me preocupei se Spencer engravidaria. Ela poderia ter uma centena de filhos, e eu ficaria feliz.

Beijei-a até meu pau começar a amolecer, e lentamente me retirei dela e lhe entreguei um lenço de papel para limpar meu esperma do meio das pernas dela.

— Toma banho comigo? — ela perguntou.

— Fechado, e depois vamos comer porque essa emoção abriu até o apetite.

Ela levantou da cama e Niner latiu do lado de fora da porta, nos lembrando que estava lá. Quando ela foi abrir porta, a campainha tocou.

— Quem pode ser? — ela me perguntou.

— Sei lá — respondi, puxando a calça jeans. — Vou dar uma olhada e volto para te acompanhar no banho.

Com um último beijo, desci as escadas. Olhei pelo olho mágico.

— Que porra é essa?

Continua em

Tudo o que eu quero - B&S 3

170   Kimberly Knight

Nota da autora

Caros leitores,

Espero que tenham gostado de *Desejando Spencer*, o POV do Brandon. Para se manterem atualizados sobre meus livros, por favor, assinem a minha newsletter. Vocês encontram os links no meu site www.authorkimberlyknight.com. Podem me seguir também pelo Facebook: www.facebook.com/AuthorKKnight

Obrigada mais uma vez. Vocês realmente me ajudam bastante ao deixar um comentário sobre este livro na Amazon, Barnes and Noble e Goodreads, ou sobre quaisquer outros livros meus que já leram. Seu amor e apoio significam tudo para mim, e eu estimo todos vocês!

Kimberly

172   Kimberly Knight

Agradecimentos

Claro que eu preciso agradecer em primeiro lugar ao meu marido. Com o mercado do jeito que está, ele teve que trabalhar em dois empregos e, ocasionalmente, trabalhar fora da cidade. Amor, sei que não consigo te ver muito agora, mas muitíssimo obrigada por se sacrificar ainda mais para eu poder escrever e viver o meu sonho. Eu te amo, você sabe, né?

À minha mãe e ao meu pai, obrigada por me fazerem o jantar nas noites em que eu estava estressada com o término deste livro. Estou muito feliz que vocês morem somente a cinco minutos de mim, depois de anos vivendo a horas de distância.

À minha melhor amiga, Audrey Harte, não importa o que alguns perdedores te digam, você tem amigos e família que te amam e torcem por VOCÊ. Meu mundo seria uma porcaria sem você, mesmo morando a mais de quatro horas de distância. Vou te apoiar SEMPRE, e minha oferta ainda está de pé sobre darmos uma de Lorena Bobbit em alguns idiotas!

Para as minhas betas, Brandi Flanagan, Felicia Castillo, Jasmine Stells, Kerri McLaughlin, Lea James, Lisa Survillas, Loralee Bergeson, Michele Hollenbeck, Stacey Nickleson e Trista Cox Ward, muito obrigada. Sinto muito por ter dado um prazo a vocês apertado nesta luta. Eu juro, se houvesse um *quiz* de Brandon e Spencer, vocês chutariam a minha bunda. Todas se lembram de mais detalhes do que eu. Malditos comprimidos para dor!

Para Christine Stanley, do The Hype PR, obrigada por passar horas e horas divulgando meu nome por aí. Estou contente de você estar por conta própria e correr atrás dos seus objetivos. Se precisar de mim, é só avisar. Estou aqui para você!

Lea James, do Fierce and Fabulous Book Diva, obrigada por se juntar a Christine e me ajudar com a minha mídia social. É uma loucura o que homens bonitos postados diariamente na sua página de fãs fazem!

Para Liz Christensen, do E. Marie Fotography, obrigada novamente por encontrar David e Rachael. Fico com lágrimas nos meus olhos vendo nossos *filhos* crescerem e viverem seus sonhos!

Dr. Santa Lucia, também conhecido como David, eu quero te dedicar um citação que li recentemente e me fez pensar em você:

"Cerque-se dos sonhadores e dos fazedores, dos crentes e dos pensadores, mas, acima de tudo, cerque-se daqueles que veem a grandeza dentro de ti, mesmo quando você não a vê." — Lee Edmunds

Durante esses últimos meses, foi um prazer viajar contigo. Estou muito orgulhosa de você e de vê-lo trabalhar duro para conquistar o que quer. Você merece tudo isso, mesmo achando que parece gordo em algumas fotos! (Balançando a cabeça aqui para você)

Rachael, às vezes, você tem que parar de pensar tanto e apenas seguir seu coração. Talvez ele seja ou não *esse* cara, mas sei com certeza que você vai encontrar alguém especial, porque você É especial!

OBS.: Eu quero o seu corpo!

Sobre a autora

Kimberly Knight vive nas montanhas perto de um lago com seu marido amoroso e gato mimado, Precious. No seu tempo livre, ela gosta de assistir seus reality shows favoritos, assistir os San Francisco Giants e San Jose Sharks chutarem o traseiro do time adversário, e jogar jogos de computador, como o World of Warcraft, com Audrey Harte e pôquer online. Agora que mora perto de um lago, ela planeja trabalhar em mais coisas ao ar livre, como em seu bronzeado e coisas como... assistir caras quentes praticarem esqui aquático. No entanto, a maior parte de seu tempo é dedicada à escrita e à leitura de romance e ficção erótica.

www.authorkimberlyknight.com

www.facebook.com/AuthorKKnight

www.facebook.com/authorkimberlyknight

twitter.com/Author_KKnight

authorkknight.blogspot.com

pinterest.com/authorkknight

Entre em nosso site e viaje no nosso mundo literário.
Lá você vai encontrar todos os nossos
títulos, autores, lançamentos e novidades.
Acesse www.editoracharme.com.br

Além do site, você pode nos encontrar em nossas redes sociais.

https://www.facebook.com/editoracharme

https://twitter.com/editoracharme

http://www.pinterest.com/editoracharme

http://instagram.com/editoracharme